Hugo Lessard

Soleil hivernal

Recueil de nouvelles

Edilivre

Cet ouvrage a été composé par Edilivre

Immeuble Le Cargo, 157 boulevard Mac Donald – 75019 Paris
Tél. : 01 41 62 14 40 – Fax : 01 41 62 14 50
Mail : client@edilivre.com
www.edilivre.com

Imprimé en France
Texte intégral

Dépôt légal.

ISBN papier : 978-2-414-60559-0

Tous nos livres sont imprimés dans les règles environnementales les plus strictes.

Remerciements

Merci.

À mes parents, qui m'ont soutenu avec tendresse et bienveillance dans cette épopée littéraire.

À Q. pour son amitié précieuse.

À tous ceux qui ont inspiré ces histoires de vie.

Et merci à toi qui tiens cet objet entre tes doigts.

Préface

Traversée, nom féminin : action de traverser une étendue d'eau, un pays, un désert, un espace… d'un bout à l'autre. Trajet ainsi fait.

Tous des gens, tous des anges. Déchus, aux ailes parfois un peu grillées mais avec une envie folle, toujours, de continuer à s'envoler. Imparfaits, ils n'en restent pas moins des créatures divinement fragiles, d'une beauté sans égale et d'une douceur désarmante. Leurs histoires sont les vôtres, les miennes et celles de tous les autres.

À l'instant, c'est une période charnière qu'ils vont traverser. Vivre un changement. Ces personnages, on les croise chaque jour dans le métro, en terrasse, au bureau, sans les voir. Et s'il suffisait seulement d'un tout petit moment pour s'attarder sur leur regard, leurs déboires ? Alors l'ignorance se transforme en invitation à partager des fragments d'existence, éphémères, passagers, quelques fois imaginaires… Et comme sur un quai de gare, on prendrait le temps de les apercevoir.

Et même si ces gens qui doutent, comme dans la chanson d'Anne Sylvestre, ne trouvent pas toujours les bons mots, voici une bribe de leur itinéraire. Il suffit de se pencher et de les observer à travers le trou de la serrure pour, peut-être, trouver des réponses à des questions qu'on ne se posait pas.

Rue Quincampoix

Un comptoir rongé par les mites, des carreaux jaunis par le temps, une odeur de tabac froid et un parfum ambiant de café bon marché ; voilà ce qui fait mon quotidien depuis que je travaille ici. Ça fait plus d'un an que je suis serveuse aux « Nuits parisiennes », troquet populaire au beau milieu du quartier de Barbès, à quelques pâtés de maisons de la station de métro. C'est un endroit qui ne me plait pas plus que ça, c'est fade, les couleurs sont ternes tout comme les gens de passage qui regardent le temps s'en aller sans rien faire qu'attendre. Attendre que quelque chose se passe, qu'on vienne les sortir de là, qu'on vienne les écouter raconter leur passé, leurs choix, désirs et espoirs fanés. On est jeudi, il est 8 h du matin et je viens de réceptionner les stocks de croissants frais et les fruits du maraicher. Je plante le décor pour donner à mon récit un petit air d'histoires de comptoirs… Celle d'une gentille fille qui n'attend qu'une chose, qu'on vienne lui arracher son tablier usé et qu'on lui fasse vivre des aventures extraordinaires. Qu'on vienne la sauver de son usine à banalités, qu'elle puisse prendre des vrais congés. Sans vouloir faire pleurer la ménagère qui s'ennuie ou justifier ma passivité, j'aimerais juste ajouter que je n'ai jamais été très douée à l'école et qu'à la maison, personne ne comptait vraiment sur la petite Anna pour devenir une lumière. Mes parents n'avaient pas de grandes aspirations : « Non, ma fille, on s'en fout que tu ne deviennes pas médecin, écrivaine, ingénieure ou éleveuse de chevaux, tant que tu ne te fais pas engrosser ou que tu ne tombes pas dans l'héroïne, ça nous suffit… ».

Fille sage, j'ai obéi, pas de drogue ni de grande carrière. Mes options se rapprochaient plus de Super U que de Super Nana. Bizarrement, le jour où je suis partie de chez moi à 20 ans, mes parents étaient plutôt soulagés de ne pas avoir engendré une salope notoire mariée à un camé accro aux allocations et à la bouteille de janvier à décembre. Ils avaient fait leur part du boulot, à moi de continuer de mon côté. J'ai trouvé ce job qui est passé du provisoire à faiseur de provisions et donc me voilà, un énième matin à galérer à ouvrir ce frigo pourri et préparer le bar pour une journée de discussions entre alcooliques, adeptes du jeu et dragueurs du dimanche.

Par chance, j'ai les patrons les plus gentils de la terre ; couple tenancier, caricature saisissante de la répartition moderne des tâches, mari en cuisine, femme au coin presse-tabac. Le pôle Sud et le pôle Nord en accord parfait pour faire fonctionner cette affaire de quartier qui loge un peuple d'habitués. Passer mes journées à prendre des commandes et faire des allers-retours pour faire couler une pression et un expresso m'a rendue bonne exécutante, agréable à ce qu'on dit… J'ai mes petits préférés, les lourdauds à éviter et les gens paumés qui viennent ici dans l'espoir d'y instaurer leurs habitudes ; ça passe ou ça casse.

Je suis devenue une observatrice de haut vol, j'admire toutes les petites manies des petites mamies qui prennent le thé avec le caniche, qui se font des discussions passionnées sur le programme de la journée, à rêver des histoires qui se répètent, qui n'arriveront jamais. Me sentant comme Dame conne Amélie Poulain, je tais cette petite voix qui me dit d'aller succomber à tous les hébétés de la planète. Chacun son purin après tout. L'autre tordue au carré brun, elle avait rien compris avec ses galets et sa rue Quincampoix. Tellement parfaite sa vie, ses intrigues, sa malice et son overdose de tendresse.

— Alors mon p'tit, on rêvasse déjà ?! Il est où mon p'tit crème ?

Un sourire en coin qui veut dire « oublie-moi, fous-moi la paix avec tes yeux de pervers et tes chicots barrés en RTT »

— Tenez, voici.

Bien sûr, j'en ai quinze à la seconde des phrases cinglantes qui me viennent en tête, mais bon c'est pas en me faisant virer que je vais pouvoir payer mon loyer du super 15 m² dans lequel je colle mon petit cul façon Tetris. Ça y est c'est foutu, j'ai la musique du jeu imprimé dans ma tête pour les prochaines 24 heures.

Regard général sur la pièce, c'est bon, tout le monde est occupé à reluquer sa tasse, son journal ou ses cuticules… Petite Anna, tu vas pouvoir aller te grignoter quelques raisins dans la cuisine. Gniiik (la porte s'ouvre). Chiotte c'était trop beau, c'est fou cette foule ce matin (ironie). Et voici une cliente de choix, pétasse classe avec son tailleur de tailleuse et ses lunettes de starlette américaine, panoplie et attitude de la chieuse méprisante qui va me faire sentir comme une crotte séchée au bord d'un trottoir. Oui, je suis loin d'être parfaite et j'avoue que j'ai la jalousie facile et le jugement sec. C'est surement parce que je passe mon temps à regarder ce que je ne peux pas avoir.

— Un crème et un croissant.

J'ai beau sortir ma loupe mentale, pas un « s'il vous plait » en vue… Je déculpabilise en trois secondes, elle est vraiment aussi pupute qu'elle en a l'air. Je lui souris, elle retire ses lunettes « So Marylin » pour me servir en avant-première une belle paire d'yeux avec un des deux qui dit merde à l'autre, là c'est trop j'ai envie de rire. J'en suis déjà au stade de la pitié. Elle aura beau sortir le kit de la Business Lady, la Dalida qui vit en elle restera toujours plus forte. C'est une pensée qui me réchauffe le palpitant et qui me fait plaisir quand je lui prépare son café et son croissant.

— Et voici, 4 € s'il vous plait.

Après de longues heures de service, toujours pas de prince charmant à l'horizon qui viendrait me sortir de ce bourbier et m'emmener en jet privé direction Bora Bora. Je reste implacablement coincée à Boring Boring Land. Bilingue la nana, pourquoi personne ne veut de moi ?

— Toujours à espérer, Monsieur Charmant ? Clin d'œil de mon gentil papatron.

— J'ai que ça à faire depuis que Raymond m'a mis un râteau hein ?! J'alpague l'intéressé petit vieux à quelques mètres de là qui me regarde avec un grand sourire.

— Attendre c'est pas une occupation pour une fille comme toi…

Aïe, fake papounet se met à l'analyse psy, tout le monde se cache !

— … dehors, y'a plein de promesses qui n'attendent que toi, me dis pas que tu vis un rêve là. Y'a rien d'écrit à l'avance, personne t'oblige à rester, à foutre en l'air ta jeunesse.

— T'as raison, je plaque tout, j'prends mon sac et je pars à l'aventure !

— Marre-toi, gamine, mais un jour tu vas te réveiller avec des rides et des regrets et là ce sera trop tard et ce sera bien fait pour toi (un point pour mon ange gardien).

— Dans l'idée ça me plait bien le petit baratin, mais concrètement il se passe quoi ?

— Hé, j'vais pas te donner toutes les réponses quand même… À toi de te bouger grosse feignasse va !

— Moi j'veux trouver un bel amoureux qui m'emmènerait sur son vélo et on tracerait les rues de Paris sur fond de piano à la Amélie…

— Nous fais pas chier avec elle et ses rêves au goût de famille Chicoré ! Tu sais que t'en as dans le ventre alors ouvre les vannes et vis ta vie. Et l'amoureux c'est pas à lui de te faire réaliser tout ça, t'es grande et bien capable toute seule.

Sourire gêné pour moment gênant. J'aurais pu dire tout et n'importe quoi, trouver mille parades, rien n'aurait suffi pour répondre à ça. Je venais gentiment de me faire congédier. Histoire que ce soit plus officiel, mon barbu bienveillant me lance chaleureusement un « dépose ton tablier et va découvrir le bonheur, sale gosse ».

Ce matin en me réveillant je n'imaginais pas me faire licencier pour motif de dégonflage flagrant face à ma vie. Une fois installée dans le métro, je me permets encore une fois de contempler les gens de la rame ; la famille fatiguée, la caissière éreintée, les ados couillons et bruyants, le discret qui écoute sa musique. Je me mets à regarder mon reflet dans la vitre. Des yeux verts remplis de crainte, des cheveux châtains, relâchés, qui me tombent jusqu'aux épaules, un nez légèrement en trompette, des pommettes parsemées de grains de beauté… Plutôt pas mal la gueuse au final. Au milieu de cette foule indifférente, je me suis imaginée qui je pourrais être ; comédienne, expert-comptable, prof de philo… parmi tous ces gens, je pouvais être n'importe qui. J'avais envie de devenir quelqu'un. Chômeuse, certes mais motivée. Pour la première fois de ma vie, j'ai eu pitié d'Amélie et j'ai été fière d'être moi tout simplement, Anna.

Chronique des petits matins

Pas à pas, je dépasse, élancé, les quelques passants égarés. Engourdi des pieds à la tête par les effluves d'une nuit trop agitée, je marche le long des Quais de Seine. Les yeux gonflés d'alcool et de fatigue, je déambule comme un somnambule désabusé. L'aube se dessine dans le ciel, la brume nocturne laisse place aux couleurs automnales d'une ville presque éveillée. Les sons de la veille résonnent à coups sourds au-dessus de moi. Il est trop tard pour aller se coucher, trop tôt pour se lever encore, alors je flâne nonchalamment au bord de cette eau au dégradé verdâtre. Une cigarette à peine allumée se glisse entre mes lèvres sèches, une première bouffée fait danser dans l'air une fumée volage. La souplesse s'est évadée de mes membres courbaturés par le froid de décembre. Je n'ai rien d'autre à faire que penser à panser mes peines, trouver les maux qui m'accablent pour guérir mes sentiments abîmés. En quelques heures, j'ai cru vieillir de dix ans, un nouveau jour se lève et je me dis que rien ne sera plus pareil, tous les parfums d'hier n'auront pas la même saveur aujourd'hui. Qu'en est-il des jolies choses de ma jeunesse, l'insouciance des premiers émois, des nuits de fêtes et des matinées légères ? Malgré la beauté de Paris, tout semble noir, gris et sans chaleur. Elle m'a dit c'est fini, c'est tout, pas de rimes ni de poèmes. Une histoire balayée au creux d'un souvenir douloureux. Je me refais le film de nos plus beaux moments, comme un bilan, un constat où se mesurent les plus, les moins et les mieux. Les douceurs passées s'effacent pour ne laisser qu'un espace vide, une errance nouvelle, cruelle. J'aurais voulu que la pluie tombe pour laver ma tristesse et me laisser confondre le goût des gouttes à celui de mes larmes. Avec mon ombre pour seule compagne, j'avance dans la mauvaise direction. J'hésite à me jeter à droite dans l'eau ou à gauche, sous les roues d'une voiture juste pour ressentir un choc, faire réagir mon corps, bâtiment insalubre et vétuste. Sentir la douleur, physiquement. Cette douleur que je n'ai pas la force de hurler dans le vent. Je me résigne à cette idée idiote, ce mal je vais devoir vivre avec pour m'en délester après quelque temps, après tout, ça aussi ça passera n'est-ce pas ? Je continue d'avancer et de mettre de l'ordre dans mes pensées dérangées. Le trottoir sous mes pieds vacille de moins en moins. Mes doigts semblent se réchauffer, lancent le mégot au loin devant. J'en rallume une. Et la route continue…

Feu rouge

« Je l'ai trouvée devant ma porte,
Un soir, que je rentrais chez moi. »

Bercée par la voix de Barbara, Louise croisa son reflet dans le rétroviseur. Au feu qui venait de passer au rouge, elle arrêta son auto, une Mini Cooper vintage jaune. Voyant sa mine défaite, ses yeux secs à force d'avoir versé des larmes, elle passa délicatement, lentement, ses doigts longilignes de la main droite aux ongles rouges vermeils sur ses pommettes humides.

« Partout, elle me fait escorte.
Elle est revenue, elle est là, »

Éblouie par les éclats du diamant qui ornait sa bague de fiançailles, elle ôta du volant son autre main et fit glisser, doucement, le bijou. Elle ouvrit la boîte à gants et l'y déposa religieusement. Elle en ressortit un mascara et s'en déposa une fine couche sur ses cils iodés. La sensation de tiraillement lui arracha un rictus qui raviva instantanément de nouvelles larmes.

« La renifleuse des amours mortes.
Elle m'a suivie, pas à pas. »

Le feu passa au vert. L'ingénue regarda derrière elle et ne vit aucune voiture. La route de campagne était déserte. Elle ouvrit sa fenêtre et inspira une bouffée d'air frais et avec toute la concentration du monde elle réussit à réfréner les nouvelles gouttes salées. Elle ne redémarra pas la voiture. En déposant à l'endroit exact où elle avait pris son maquillage, elle sortit un tube de rouge à lèvres.

« La garce, que le Diable l'emporte !
Elle est revenue, elle est là »

« Son préféré », se dit-elle. De la main gauche, elle réajusta son rétroviseur, décapsula le rouge intitulé « *déterminée* » et rafraichit sa bouche charnue de cet élixir mat. À ce contact, elle se souvint des plus beaux moments où il avait posé ses lèvres sur les siennes. En mémoire, la passion de ses baisers donnés hier, encore, la fit frissonner légèrement.

« Avec sa gueule de carême
Avec ses larges yeux cernés, »

Naturellement, ce geste, comme à chaque fois, la rassurait, la faisait se sentir belle. Belle, Louise l'était, ce soir peut-être encore plus que tous les autres soirs. Se résoudre à en parler en pensée au passé fit sonner en son âme un petit bruit de fissures. Celles qui se voient à peine mais par lesquelles tout s'infiltre.

« Elle nous fait le cœur à la traîne,
Elle nous fait le cœur à pleurer, »

Comme au ralenti, elle saisit la broche en argent qui tenait sa chevelure longue et brune, la décrocha, la fit glisser sur la courbe de sa nuque, descendit encore jusqu'à effleurer son sein droit et termina sa course sur le siège passager. Sans qu'elle y prête attention, le feu était déjà repassé au rouge. Ses cheveux, libérés, tombèrent harmonieusement pour atteindre, de manière délaissée, le haut de sa hanche.

« Elle nous fait des matins blêmes
Et de longues nuits désolées. »

Elle passa le revers de sa main gauche du creux de son cou à la pointe de la rivière de cheveux. Dans un mouvement brusque, se forçant à faire réagir ses membres, elle agrippa avec force le volant de sa voiture. Scrutant le feu agressif avec impatience maintenant, elle contracta ses épaules et les muscles de sa cuisse, prête à écraser la pédale d'accélérateur.

« La garce ! Elle nous ferait même
L'hiver au plein cœur de l'été. »

Vert. Elle démarra en trombe, les yeux rivés sur la limite de puissance lumineuse de ses phares. Le bruit de la vitesse venait assourdir son esprit à travers la vitre grande ouverte. Elle entendait pourtant distinctement la musique de ses souvenirs. Ceux du jour même. Les mots tatoués à jamais dans sa mémoire. Des maux qu'elle ne pourrait jamais guérir. Vite. Elle conduisait bien trop vite.

« Dans ta triste robe de moire
Avec tes cheveux mal peignés, »

On annule tout. Qu'ils se barrent. Je ne veux plus voir personne. Disparaissez. Allez tous vous faire foutre. Toi. Connard. Sombre merde. Tu m'as humiliée. Devant toute ma famille. Nos amis. Tu me dégoutes. Je voudrais que tu meures. C'est fini. Plus jamais. Taisez-vous. Fermez-la. Tout s'était assombri, ses talons hauts ne touchaient plus les graviers de l'entrée du moulin. La portière claqua violemment. Il était minuit. Elle était partie.

« T'as la mine du désespoir,
Tu n'es pas belle à regarder. »

À l'écoute de ces paroles, Louise s'extirpa de sa rêverie. À présent, elle ralentissait et songeait à la robe qu'elle portait, noire, à bretelles, courte, en satin, décolletée, ravageuse, fatale, élégante. Elle se rappelait pourquoi elle l'avait choisie, d'abord pour faire râler sa mère ensuite pour montrer à tout le monde à quel point elle était séduisante et surtout pour faire taire les chuchotements et prouver qu'elle était parfaitement consciente du choix qu'elle allait faire le lendemain. Elle songeait aussi à une autre robe, une qu'elle ne porterait jamais. Blanche, celle-ci.

« Allez, va-t'en porter ailleurs
Ta triste gueule de l'ennui. »

Avec lui, elle avait ri. Elle avait chanté faux sous la douche et sous la pluie. Elle avait senti sa peau au parfum musqué tous les matins et caressé sa barbe de trois jours, tous les soirs. Elle avait eu le courage et l'envie de s'abandonner tout entière dans ses bras rassurants. Elle avait regardé le monde avec de nouvelles couleurs et gouté à des saveurs inconnues. Un autre amour mort, se dit-elle. Une larme fraîche venait de couler sur sa joue gauche.

« Je n'ai pas le goût du malheur.
Va-t'en voir ailleurs si j'y suis ! »

La fièvre, elle avait de la fièvre, de celle qui vous épuise les nerfs et vous fatigue la pensée. Sa vue se troubla et ne se sentant plus capable de continuer à conduire, elle alla se garer sur le bas-côté. Elle descendit, se redressa, s'étira et ferma la porte, le plus calmement possible. Elle avait laissé le moteur tourner pour ne pas se retrouver dans le noir complet.

« Je veux encore rouler des hanches,
Je veux me saouler de printemps, »

Il faisait froid mais ni ses épaules ni ses jambes dénudées ne la faisaient grelotter. Elle avait envie d'une cigarette. Elle fila devant les phares de sa Mini pour rejoindre le côté passager, ouvrit la porte, tira sa pochette lâchement posée sur le tableau de bord. Elle s'approcha du poste de radio, augmenta le volume et ouvrit la fenêtre. Elle ne voulait pas que la voix de Barbara la laisse seule, elle voulait continuer de l'entendre.

« Je veux m'en payer, des nuits blanches,
À cœur qui bat, à cœur battant. »

Après avoir refermé la porte, elle s'adossa, sortit son paquet de Marlboro 100 s, en sortit une, prit le briquet, jeta la pochette, le paquet et alluma. La flammèche lui fit froncer les sourcils. Elle se sentit agressée par toute cette luminosité. Elle jeta aussi le briquet à l'intérieur de l'auto. Profonde inspiration. Large bouffée. Elle souffla la fumée dans un filet qui se mit à danser dans cet océan sombre. Elle suivit du regard cette chorégraphie jusqu'à lever les yeux vers les étoiles. Le ciel en était parsemé. La nuit était magnifique.

« *Avant que sonne l'heure blême*
Et jusqu'à mon souffle dernier, »

Était-ce vraiment arrivé ? Il n'y avait pas de doute possible. Elle s'était enfuie en plaquant tout et tout le monde derrière. Le moulin loué pour l'occasion avait été si raffinement arrangé. On avait accroché des ampoules dans le parc. Le lierre recouvrait entièrement l'hôtel. Tout était parfait. Elle avait préparé la réception des mois durant. Comment en était-elle arrivée là ? Elle ne cessait de se poser la question en rythme avec les allées et venues du filtre de la cigarette entre sa bouche.

« *Je veux encore dire je t'aime*
Et vouloir mourir d'aimer. »

Elle interrompit ses pensées et planta dans son esprit une nouvelle question. Comment allait-elle faire pour se relever, se remettre à vivre, à parler, à... aimer ? Ce mot lui procura un frisson tellement fort qu'elle entendit le tintement de ses pendentifs. Elle baissa les yeux et fut surprise de constater avec une certaine ironie, qu'à la vue de ses seins, elle avait froid.

« *Elle a dit : « Ouvre-moi ta porte ».*
Je t'avais suivie pas à pas. »

Elle laissa tomber son mégot de cigarette au bout incandescent et l'écrasa avec précision à l'aide de son talon aiguille. « Tellement théâtrale », songea-t-elle. Se dirigeant vers le coffre pour mettre un gilet, elle essaya pour la première fois d'observer ce qui l'entourait.

Sur chaque côté de cette route interminable et toujours aussi déserte prenait place un champ clos au loin par une forêt sombrement touffue.

« Je sais que tes amours sont mortes.
Je suis revenue, me voilà. »

Une pression, le coffre s'ouvrit. Son cœur, lui, était comme déballé. Devant elle, se déroulait le spectacle navrant d'une magnifique robe de mariée gisante lasse et sans âme. Un corps inanimé sans vie, qui n'en aurait jamais une. Sans oser la toucher, elle alla au fond de l'habitacle pour récupérer son gilet blanc en laine, l'enfila maladroitement, s'énervant en coinçant son coude. Elle dut s'y reprendre à deux fois pour le mettre correctement. Elle referma le coffre, violemment.

« Ils t'ont récité leurs poèmes,
Tes beaux messieurs, tes beaux enfants, »

Nouvelle cigarette. Louise ne pouvait chasser la vision de cette robe, pure, immaculée dans sa housse de plastique transparent. Il avait douté d'elle, d'eux. Il avait eu peur pour deux. Comme un enfant honteux d'avoir commis une bêtise, il lui avait saisi le bras, s'était approché tout près de son doux visage et sans la regarder lui avait confessé ses états d'âme. Le dîner de répétition s'était déroulé dans la plus belle atmosphère. Les rires fusaient. Au dessert pourtant, elle n'avait jamais été aussi heureuse. Elle se l'était dit. Après, tout avait changé, à tout jamais.

« Tes faux Rimbaud, tes faux Verlaine.
Eh ! bien, c'est fini, maintenant. »

Elle avançait petits pas par petits pas pour s'éloigner de la voiture. Cet homme si fort. Cet homme qu'elle avait choisi. Cet homme qu'elle avait placé au cœur de sa vie l'avait trahi. Elle se moquait de la cérémonie, des dragées, des invités, des mondanités. Les conventions, elle n'en avait que faire. Plus que la peine et l'humiliation qu'il lui avait causées, elle s'était trompée. Maintenant, elle devrait faire face à la pitié de ses proches, après s'être fait planter la veille de son mariage.

« Depuis, elle me fait des nuits blanches.
Elle s'est pendue à mon cou, »

Chassant ses idées noires, elle se demandait quoi faire maintenant. Son téléphone était déchargé, elle s'en réjouissait, l'idée de parler à quiconque lui semblait absurde et déplacée. Elle se retourna et décida de rebrousser chemin car le son de la musique se perdait de plus en plus dans l'obscurité et ce vide commençait à l'ennuyer. Une fois arrivée au niveau de la porte-conducteur, elle s'immobilisa. Se sentant lourde d'un poids qu'elle n'avait pas la force de supporter, elle se redirigea vers le coffre.

« Elle s'est enroulée à mes hanches.
Elle se couche à mes genoux. »

À nouveau ouvert, elle saisit la sacralisation de son malheur hors du coffre. Elle se voyait la porter, demain, aux bras de celui qu'elle aimait. Il lui manquait, sa voix, sa peau, son odeur. Louise aurait voulu qu'il la prenne dans ses bras. Elle retira la robe de la housse qu'elle reposa à l'intérieur. Referma. Étourdie, presque euphorique, elle fit épouser sa robe à la forme de son corps. Il y aura au moins eu une union, pensa-t-elle.

« Partout, elle me fait escorte
Et elle me suit, pas à pas. »

Dans un mouvement de balancier, elle esquissa quelques pas de valse, seulement quelques-uns puis stoppa net comme interrompue par une montée d'adrénaline sinistre. La belle tourna une ultime fois et envoya la robe dans le champ qui s'échoua tristement dans un carré de mauvaises herbes. Pas bien loin vu le poids de celle-ci. Elle se sentit légère, soulagée et libre de laisser derrière elle ce fantôme d'une histoire d'amour perdue.

« Elle m'attend devant ma porte.
Elle est revenue, elle est là, »

Enfermée à nouveau dans la Mini dont les fenêtres avaient été réouvertes, elle alluma une autre cigarette. En croisant son regard dans le miroir du rétroviseur, elle s'aperçut que son maquillage n'avait pas coulé. Les larmes avaient séché. Elle embraya et démarra. Elle roula droit vers une destination inconnue. À partir de cet instant, elle ne compterait plus que sur elle-même. Plus personne ne lui briserait le cœur. Jusqu'au prochain amour, se promit-elle.

« La solitude, la solitude… »

Parapluie

Un camion. Un beau gros camion rouge. Un de ceux qui font un bruit de klaxon sourd, étouffé. C'est de ça qu'on a besoin dans la vie. Un énorme poids lourd qui vous renverse et vous sèche d'un coup vif et définitif. Uniquement pour que vous puissiez vous réveiller. Vous réveiller d'un insupportable et interminable sommeil. Un matin, on se lève comme tous les mêmes matins qui se répètent et se ressemblent, mais cette fois c'est différent. Vous vous réveillez deux fois plus que d'habitude. Vous prenez conscience que tout ce qui fait votre vie ne ressemble en rien à ce que vous désirez. Et à ce moment précis, la seule chose dont vous avez besoin, c'est d'un camion qui vous écrase. Lucas, 26 ans, perdu dans la vie et j'ai bien de la chance. Ma vie ressemble à tout ce que j'ai toujours souhaité même dans les détails les plus ennuyeux. J'ai fait des études correctes et n'ai jamais réussi à séduire ni les filles ni les garçons. J'ai des rêves plein la tête mais des yeux trop fermés pour voir à les réaliser. Je crois avoir aimé m'admirer me gâcher dans l'absurde banalité d'une vie aussi grise que vide. C'est d'une certaine manière une preuve faite à moi-même, en l'honneur d'un pari fait avec l'ennui et le dérisoire. Gagné. Mais ce matin, en ce beau et magnifique matin pluvieux dans mon studio parisien, j'ai pu enfin prendre conscience qu'il était temps de vivre ma vie. Trop facile de toujours marcher plus vite, parler moins fort, fixer les yeux au sol en permanence. C'est la peur que les gens s'attachent, qu'ils restent, qu'ils pensent vous connaitre alors que c'est impossible. Et à la fin, ils vous aiment. Mais on ne se sent pas capable d'assumer d'être heureux, de partager quelque chose. Un truc qui n'a même pas besoin de nom. Mais aujourd'hui, c'est reparti. À mon tour de jouer, de reprendre le contrôle et même pourquoi pas, de vaincre. Faut ouvrir les rideaux, vraiment, j'en peux plus de ce noir opaque.

« *Juillet est son ennemi juré, Mars est son meilleur ami. Quand replié, abattu et oublié de tous, il sent poindre au loin son adversaire qui revient lui livrer bataille ; alors il revit. Au moment venu, on l'ouvre,… il s'ouvre, s'éveille et déploie ses ailes tel l'aigle qui se jette du haut de sa falaise. Devenant la canne qu'on lève fièrement vers le ciel coléreux, comme pour badiner avec la vie, qui elle, nous offre un instant de répit, et nous fait lever le poing ; pour un instant de fierté, de victoire. Cette canne, d'un bois flamboyant, est la tige qui maintient la fleur de toile imperméable, carapace noire, jaune, rayée, quadrillée ; le parapluie s'habille au gré de ses envies. Au cœur des cinq sens, il est l'instrument de musique qui caresse nos oreilles d'une douce mélodie, coordonnant le clapotis des perles humides qui se désintègrent en effleurant, seulement, la matière. Dans un rythme régulier, ode à la berceuse, il en joue et en rejoue sans jamais s'épuiser. L'accompagne le doux, sensible et délicat parfum de la pluie. Sans jamais obstruer le plaisir visuel d'un Paris sublimé, par tout ce gris, par tous ces pleurs qui coulent par milliers. Tenant bien fermement l'armure inébranlable, l'innocent est pourtant bien libre de goûter aux déboires nuageux du ciel maussade. Dans cette cacophonie, le bal masqué des ombrelles débute, sous le regard émerveillé de la danseuse, qui de cette chorégraphie verra naître l'inspiration. Il représente l'être aimé, l'ange gardien contre lequel on se blottit, il nous protège des dangers du monde extérieur et des autres. Corps robuste, prêt à défendre son protégé, comme le guerrier qui se bat pour son peuple. Comme le lion majestueux, il attaque ses proies. Ce courageux combattant, jamais ne s'affaiblit face aux billes d'eaux, jamais ne s'affaisse sous leur poids. Aucune balle ne le traverse, sa peau est dure comme le marbre. Et pourtant, quel objet romantique ! Dans un nid peu étendu, lorsqu'il est partagé, il s'installe au milieu d'un pont, sur un banc dans une forêt, au pied d'une cathédrale et couve les baisers tendres des amoureux sous son voile d'intimité, gardant avec eux, le secret d'un amour éphémère, et parfois,... parfois éternel. De ces instants, il se réjouit et se réchauffe un peu le cœur, trop sensible pour exister. Mais quelques fois orgueilleux et prétentieux tout de même, il lance un regard hautain aux talons de la Parisienne qui se noient dans une flaque, au recoin d'un trottoir. Il en rit en silence, puis, par-delà les faubourgs, il continue nonchalamment sa route. D'humeur joueuse, parfois, dans un moment de bonheur, il décide de s'envoler, et de se laisser porter par la puissance du vent, en espérant secrètement voir par-dessus les gros nuages tristes et gris, qu'il ne connaîtra jamais. Mais, une fois tombé en fracas au bout de l'avenue, il continue sa routine jusqu'à ce que l'égoïste Soleil décide d'anéantir les cotons pluvieux de ses rayons agressifs. Alors, sans comprendre, d'un mouvement aigu, rapide, et sec, l'élégante dame met fin à son existence, et le réduit à l'outil. Les dernières gouttes qui glissent le long de son corps, frêle à présent, sont ses derniers instants de bonheur, les dernières batailles du soldat. Et lorsque plus rien n'est mouillé, c'est cet instant que choisit le parapluie pour pleurer.* »

C'était il y a une dizaine d'années et pourtant le souvenir de ce texte, de son écriture, ne mit que quelques secondes à réapparaitre dans sa mémoire. Vif et incisif, il était presque douloureux pour Lucas de se le rappeler. Une nostalgie amère et pourtant pleine de tendresse. À la toute première relecture, il se mit à faire un bond dans le passé qu'il savait risquer pour son équilibre mental, déjà bien fragile. L'atmosphère de sa classe de Première, au lycée Perthelot, ses camarades et cette journée si particulière qu'il avait oubliés ; autant d'éléments qui se rassemblaient un à un pour revivre ce souvenir. Il se devait d'honorer cette partie de sa mémoire, pour lui et son poème d'adolescent rêveur qui ne connaissait alors aucunes limites. Le visage de sa professeure de français, d'habitude si froid et inexpressif, semblait ce jour-là illuminé d'une certaine fierté. C'était le jour de la remise des copies. « Écrivez un poème – humanisez un objet, rendez le vivant – vous avez quatre heures ». Lucas avait été inspiré et attendait le verdict de ce despote tout droit sorti de l'Éducation nationale. Après quelques secondes de contemplation et de pas distribués au travers de l'immense salle de classe, elle commençait à remettre les photocopies aux étudiants effrayés. Au fur et à mesure que les élèves recevaient les feuilles, Lucas sentait de manière insistante se poser les regards de ses amis sur lui. Dans une incompréhension amusée, il attendait de comprendre de quoi il s'agissait. Son tour venu, il observait la copie et fut surpris de constater qu'il s'agissait de son travail, sa création, son objet rendu vivant. Le dragon à lunettes et talons hauts avait annoncé que tout le cours allait être consacré à la lecture, compréhension, interprétation et appréciation de cette composition. Lucas avait alors eu le sentiment d'avoir accompli quelque chose de grand. Passé la flatterie, les sourires, les compliments et les applaudissements de ses camarades, il avait ressenti cette inexplicable fierté d'avoir réalisé cette petite chose qui pouvait changer sa vie. Se sentir important, écouté, envié même. Ce parapluie lui avait fait le plus beau des cadeaux, et le plus mémorable des souvenirs. Sortant progressivement de sa rêverie, il était ravi d'avoir soulevé ce carton miteux de l'étagère pour en retrouver ce trésor. Il tenait le papier, légèrement altéré par des années d'abandon et avait le sentiment d'avoir en sa possession le plus précieux des remèdes et la plus évidente des réponses. Fini le temps des cerises moisies et les moissons d'émotions bidon. Il était temps à nouveau de poursuivre au chapitre suivant.

Souffle puissant, mains brûlantes, le contact de sa peau contre la poignée de sa porte d'entrée faisait l'union divine du feu et de la glace. Lucas n'avait emporté avec lui qu'une veste légère et un carnet riche de pages blanches. Les marches du troisième étage de son appartement jusqu'en bas ne lui prirent que quelques secondes à dévaler. Il avait envie de voler, s'en sentait capable. Ses pieds, enfin posés sur les pavés du trottoir, étaient semblables à des feuilles mouillées. Suivant le cours du fleuve urbain, Lucas commençait à descendre la rue pour atteindre le café du coin qu'il avait fait sien. Il se sentait, dans cet endroit aux allures si parisiennes, comme une âme errante prête à tout pour partager sa solitude. Aujourd'hui, c'était différent, tout avait une autre couleur. En passant le seuil de la porte, il lui semblait que le mobilier avait changé de matière, la texture était métamorphosée. La lumière brillait autrement. À peine assis à sa table habituelle, il vit arriver une jeune fille aux cheveux longs, bruns, tombant jusqu'au milieu de son dos. Il ne la connaissait pas. Elle avait une allure fine et marchait d'un pas nonchalant. Il ne mit qu'une seconde à se rendre compte que les pas négligés de cette fille se dirigeaient vers lui. Avec tout le détachement du monde, elle venait prendre sa commande. Avec toute l'hésitation qui caractérise un garçon de douze ans qui aurait fait une bêtise, il réussit enfin, après de nombreuses hésitations et une bonne minute d'attente, à lui demander un café long, trois sucres, un verre d'eau et un stylo. Interpellée, la jeune serveuse qui ne devait pas avoir plus de vingt-cinq ans se mit à sourire. Un de ces sourires ravageurs qui disent que tout va bien et que tout ira bien à partir de maintenant. Un de ces sourires que tous les chanceux connaissent et retiennent. Un de ces sourires qui rendent plus fort et qui font voyager au-delà des frontières. Une expression innocente qui ressemble pourtant à une promesse de bienveillance et de tendresse. Après quelques instants à regarder à travers la vitre martelée de gouttes de pluie, la serveuse revint enfin avec le café, les sucres, le verre d'eau et un stylo à encre noir.

— Prenez-en soin, j'y tiens, lui glissa gentiment l'ingénue à l'oreille tout en lui tendant l'objet tant convoité. Ce mouvement, cette avancée, avait libéré une vague de parfum d'été aux senteurs de fleurs blanches et de cerises. Enivré et subjugué, Lucas ne réussit qu'à balbutier un merci craintif et un regard béat et légèrement idiot, ce qui fit à nouveau sourire la serveuse qui le regardait à présent profondément dans les yeux. Elle n'attendait rien d'autre que de pouvoir contempler cet homme-enfant, séduisant, timide et secret. Cet instant privilégié fut brusquement interrompu par l'appel d'un client qui réclamait assez sèchement qu'on lui apporte un autre café. Lucas, encore abasourdi par cette irruption enchantée, quasi surréaliste, se plongea doucement dans l'exercice du noircissement des pages de son carnet. Inspiré, il l'était. Emporté aussi, il en voulait presque à ses mains de ne pouvoir réussir à suivre le rythme saccadé et rapide de ses idées fluides et précises. Il avait envie de raconter une histoire, des tas d'histoires en fait et il savait qu'il allait passer un temps certain à être concentré et impliqué dans l'art de la création. Il ressentait cette fierté puérile de se dire qu'il en était capable et que rien ne pouvait l'arrêter. En oubliant complètement la notion du temps, il écrivait, gribouillait, raturait et barrait sans relâche, en oubliant presque parfois de respirer. C'est une de ces journées si particulières où le sourire d'une inconnue vous donne des ailes et semble vous rendre invincible. Où la pluie devient la bande-son du film dans lequel vous jouez le premier rôle et où tout semble si parfait qu'on s'attend, d'une seconde à l'autre, à ce que quelqu'un vienne décrocher ce décor si idéal. La serveuse, admirative de cette ferveur, s'approcha d'une démarche délicate vers le faiseur d'histoires pour savoir s'il désirait quelque chose d'autre. Après avoir essuyé un refus distraitement affectueux, elle lui demanda si un autre stylo lui ferait plaisir. Cet intérêt soudain interrompit l'écrivain dans ses réflexions, il marqua une pause, déposa le stylo à côté du carnet et dit d'un ton serein « finalement, je reprendrai bien un café s'il vous plait ». Moins d'une minute plus tard, elle revint d'un pas énergique avec un café brûlant dans les mains.

— Et voici, dit-elle d'une voix fluette, vous écrivez sur quoi si ce n'est pas indiscret ?

Pris par surprise, un peu décontenancé, Lucas commença à lui expliquer en quelques mots…

— Aujourd'hui en me levant j'ai retrouvé un poème que j'avais écrit quand j'étais plus jeune. J'ai eu envie de m'y remettre, de voir ce que je valais, du coup ces coups de stylos n'ont pour l'instant aucunes formes mais je compte bien y mettre un peu d'ordre, mais si vous me donnez votre nom je pourrai peut-être déjà savoir comment appeler mon héroïne.

Aussitôt qu'il avait prononcé cette dernière phrase, il commença à avoir de violents battements de cœur, il avait l'impression d'avoir sorti une de ces phrases bêtes pour obtenir des informations sur une jolie fille, il s'en voulait et se sentait idiot. Il détestait tous ces hommes dépourvus de finesse qui n'avaient aucune originalité. Surprise et touchée pourtant, c'est en riant qu'elle lui dit :

— Louise, je m'appelle Louise, et j'espère que votre héroïne va vivre de grandes choses. Elle se remit à rire.

— Avec un si joli prénom et la couleur de vos yeux, elle ne peut qu'être épique.

Encore une fois aussitôt dit, aussitôt regretté, mais trop tard, elle l'avait déjà tué à nouveau d'un sourire radieux. Cette fois-ci, devenu muet, il ne risquait plus de sortir des phrases tristement bêtes.

— À l'occasion, n'hésitez pas à me faire lire quelques lignes, lança Louise naïvement.

Puis elle repartit s'occuper d'une vieille dame qui venait de poser ses affaires quelques tables plus loin. Excité comme un gosse, il se remit au travail dans une frénésie non dissimulée. Son acharnement n'avait aucune retenue. Il en était satisfait et fiévreux d'idées nouvelles. Il était presque 14 h, il était resté bien longtemps à écrire et il sentait son estomac vide dans un besoin imminent d'avaler quelque chose. Il aurait voulu avoir le cran d'inviter Louise à déjeuner, mais trop de timidité et un esprit encore brouillé de pensées l'ont retenu de tout élan courageux. Il alla jusqu'au bar pour régler et s'en alla sans recroiser le regard de celle qui l'avait tant bousculé. Une fois la porte du café franchie, il culpabilisait déjà de ne pas avoir été plus entreprenant. Il était sûr que Louise l'avait déjà oublié et qu'il n'était rien de plus qu'un client banal parmi tous les clients banals. Il alla faire des courses au marché. Se promener à travers les étals, les allées le rendait plus calme, moins triste, les couleurs et cette odeur de pluie persistante le réconfortaient avec la plus grande efficacité. Une fois rentré chez lui, il se prépara une salade et se mit à travailler sur les traductions de textes qu'on lui avait commandées il y avait déjà plus d'une semaine. Traducteur, au début, il l'avait été pour la beauté des textes et pour l'amour de l'écriture. Mais au fur et à mesure du temps, il s'était rendu compte que traduire les romans étrangers ne lui apportait qu'ennui. Il avait, grâce à cette profession, découvert de nombreux auteurs géniaux cependant. Participer au processus d'édition était quand même une satisfaction assez agréable. Actuellement, il travaillait sur un roman anglais, l'histoire se déroulait dans un Londres chaotique et apocalyptique où un père et sa fille luttaient pour survivre, lui était dans les moteurs et sa fille, âgée d'une dizaine d'années, aimait dessiner des arbres bleus partout où elle allait… Ce n'était clairement pas un chef-d'œuvre, mais cette histoire avait touché Lucas. Il travaillait cet après-midi-là avec beaucoup plus d'entrain qu'à l'accoutumée. L'idée d'être le plus efficace possible lui donnait l'envie de vite et bien boucler cette traduction pour se replonger dans les écrits de la matinée. Il fallait encore qu'il mette en forme et au propre toutes ses notes. Il était 16 h 30, il était surexcité et pouvait penser à un million de choses en même temps et surtout il n'arrivait pas à oublier Louise, la belle aux longs cheveux bruns et aux traits de visage aussi doux et charmeur qu'une actrice de film en noir et blanc. Un charme intemporel qui restait gravé dans sa tête. Et cette journée, alors qu'il ne l'aurait jamais imaginé, avait été le début de deux belles histoires. Cette sensation d'allégresse, cette effervescence auraient fait sourire son Lui, lycéen adolescent de 17 ans. Il songea à l'espace et au temps qui passe, et déjà se remettait à écrire.

L'art d'être spontané

J'ai juste voulu être romantique. C'est vrai, un gars qui vous dit qu'il prend un train illico pour vous retrouver après deux semaines loin l'un de l'autre, je pensais que ça allait lui plaire. Visiblement, on n'était pas vraiment en accord sur les termes de notre relation. C'est étrange cette manie que j'ai de toujours me planter ; au moins, moi, je le fais en beauté. J'aurais dû m'y attendre. Mes amis ont raison, je dois être quelqu'un de trop bien pour ceux que je choisis. Mon problème c'est que la phrase « tu vaux mieux que ça », je l'ai trop souvent entendue en gage de réconfort. Mais pour être tout à fait honnête, me faire réconforter, ça me met en rage.

Je suis donc installé là, à cette terrasse de café de gare à attendre un train que je ne vais pas prendre. Ce qui m'avait plu dans cette idée de week-end improvisé c'est l'excitation de l'urgence ; faire sa valise à la va-vite, oublier les choses importantes et ne prendre que des choses futiles. Cette préparation c'était le plaisir de me lancer dans une aventure où, au final, je ne savais pas du tout à quoi m'attendre. Je n'ai rien à regretter, j'ai juste à oublier et passer rapidement à autre chose. Mais autre chose, c'est quoi ; quelqu'un d'autre ? Quand est-ce que cette course au bonheur va-t-elle enfin s'arrêter ? C'est à mon tour, là ! Enfin, pas aujourd'hui apparemment.

J'aime les gares, j'aime cette gare en particulier, on peut s'imaginer la vie de tous ces excités qui s'activent. C'est beau de contempler une personne qui s'en va prendre un train, n'importe quel train… C'est la promesse d'un voyage, d'une découverte. J'aime à croire que lorsqu'on monte dans un train, c'est pour en ressortir un peu différent à chaque fois. J'aime aussi imaginer que si tous ces gens montent dans un train en particulier, c'est pour aller rejoindre quelqu'un qui compte pour eux ; un être exceptionnel qui sait les faire exister.

J'ai cru que c'est ce que j'allais faire ce soir. J'ai cru que j'allais monter dans un train, m'installer du côté de la fenêtre, écouter « No Surprises » de Radio Head en boucle et me laisser porter jusqu'à ses bras. Ce ne sera pas pour cette fois. Et pourtant, comme j'en ai envie ! J'en viens à me poser la question suivante : est-ce que j'avais envie de partir pour le rejoindre lui, ou seulement pour l'idée que je me faisais de nous ? À force de rêver sa vie, on finit tous par tomber dans des pièges tels que celui-ci.

Quoi qu'il en soit, ça ne change rien, je me retrouve à boire un café sur cette table, assis à fumer les cigarettes qui m'accompagnent. À cet instant, cet instant tragique où je sais que je ne monterai dans aucun wagon, c'est tout le poids de ma solitude qui me retombe dessus. Cette monstrueuse sangsue qui vous vide et vous colle sans cesse. Cette saleté qui se croit tout permis et qui vous pourrit l'existence. Au moment de ma dernière gorgée de café noir, je décide de me replonger dans d'autres idées, nouvelle cigarette, pour une nouvelle divagation. Qu'est-ce que je pourrais bien me raconter cette fois ? Il n'y a pas que des histoires de trains ou d'amours ratés. Il y a aussi l'histoire de cette personne qui nous attend quelque part et qui nous fera oublier tous ces maux. C'est avec cette personne que j'écrirai une nouvelle page et elle sera belle, pleine de promesse et de… spontanéité. J'entends au loin un sifflement de départ. Je laisse quelques pièces à côté du cendrier, me lève et m'en vais prendre le bus.

Les illusions du petit prince

Mon arrivée en cours, chaque matin, est décisive. L'expression sur mon visage, ma démarche, le regard que je porte aux autres... ça va déterminer le comportement de ceux qui partagent mon temps, au moins jusqu'à la fin de la journée. J'ai toujours eu conscience de l'impact que j'avais sur les autres. L'intérêt qu'ils me portent chaque jour a toujours fait partie de mon quotidien. Il n'y a ni justice, ni logique là-dedans. Certaines personnes sont invisibles, d'autres sont de vrais aimants. Ils attirent, fascinent et concentrent toute l'attention. Des soleils en plein hiver. Tous ceux de cette catégorie qui clament être mal à l'aise de cette force sont des menteurs. Ils jouissent sans répit de l'influence qu'ils génèrent. Être admiré, c'est ce qui nous fait vivre. On se réveille tous les jours dans l'espoir d'être plus désiré encore que la veille. C'est futile, certes, mais le monde actuel fonctionne ainsi. Le tout est de bien connaître les règles du jeu avant de commencer la partie. Moi, j'ai toujours été doué pour les jeux, à la fin je gagne toujours. Normal, c'est moi qui fais les règles. Tous ces idiots qui attendent à l'entrée du lycée le savent. Je me plais à croire qu'ils se sont levés uniquement pour jouer avec moi. Le pouvoir, c'est de là que vient le plaisir. J'ai beau aimer souffrir, je ne louperai ces parties d'échecs pour rien au monde. Il y a le roi et les pions. D'un claquement de doigts, je peux en faire tomber dix. D'un souffle, j'en fais revenir cent. Les autres m'aiment, et j'aime qu'ils m'aiment. Je n'ai pour eux que du mépris, au mieux de l'indifférence. Plus que quelques pas et je frôlerai bientôt le tapis rouge invisible qui m'attend dans ce microcosme ardent qui façonne les personnalités. Les perdants d'aujourd'hui ne seront pas les gagnants de demain. Ça, c'est ce qu'ils se disent pour se consoler. Je suis né pour être haineux et triste, mais certainement pas pour perdre.

Ça y est, les premières personnes qui m'aperçoivent me regardent, me dévisagent plus exactement en attendant de pouvoir pleinement… m'admirer ?! Aujourd'hui, j'ai décidé de sourire, d'être plus rayonnant et fier que jamais. Non pas pour leur faire plaisir, mais bien pour rire de l'addiction qui les habite, de la fidélité qu'ils me témoignent et de l'admiration qu'ils me portent. Je sens déjà depuis quelques secondes ma poitrine qui se réchauffe du règne que je vais instaurer entre ces murs, dans mon monde, ma réalité. Une journée type, dans une semaine type qui se déroule irrémédiablement de la même manière. Seul le décor change parfois comme c'est le cas ce matin avec cette pluie qui n'arrête pas de tomber… J'arrive, je décide, exige et obtiens ce que je veux puis repars pour répéter le même protocole le jour d'après. Un vrai boulot. Savoir que toute cette foule se plie à tous mes caprices de manière docile et passive me procure un sentiment de puissance inégalable. Même la jouissance physique n'est rien comparée à ça. Le sexe n'est qu'un exutoire. Vulgaires et lasses, les deux associés s'enlacent et s'emboitent dans une comédie chorégraphiée aux accroches robotiques. Chacun se donne en représentation à l'autre et espère être à la hauteur. L'idée du partage des chairs est une chimère dramatique. Quand on couche avec quelqu'un, on espère croire à des sentiments partagés. Ce n'est en fait que la plus choquante preuve que personne ne peut nous rendre heureux. On n'est jamais aussi seul que quand on fait l'amour. Il n'empêche que provoquer du désir chez quelqu'un, peu importe la personne, est le meilleur remède pour conserver un ego surdimensionné.

Se rapprochant d'un groupe en particulier, Noha essuyait toutes les salutations de ses camarades d'un sourire, d'un clin d'œil ou encore d'un geste quelconque de la main. Ils étaient tous en retard mais tout le monde s'en fichait. L'union fait la force et ce n'est pas une ou deux plaintes d'un professeur qui ferait la différence. Il lança un regard empli de sens à son ami si particulier, Diego. Eux deux s'étaient rencontrés au tout début de leur année de seconde. La relation qu'ils entretenaient depuis bientôt trois ans n'avait cessé d'évoluer. Mais ces temps-ci, l'ambiguïté avait atteint un seuil de non-retour entre amitié fusionnelle et attirance physique. Ils se dirigèrent l'un vers l'autre avec le même pas fier et décidé, se firent la bise et commencèrent une discussion sur leurs rêves nocturnes. Diego était plus vieux d'un an, ses traits étaient fins et son corps athlétique, dessiné. Des yeux d'un marron prononcé et des fossettes aigües rendaient son visage séduisant. Diego était beau. Pourtant à côté de Noha, il semblait comme être un simple spectateur. Tous ceux qui croisaient Noha en devenaient addicts. Sa taille fine, ses yeux malicieux d'un marron clair et son sourire désarmant faisaient de lui la personnification du charme et de l'attraction. Il fascinait et ne le savait que trop bien. Les rumeurs sur leur relation n'avaient cessé depuis le début du lycée et continuaient d'alimenter toutes les discussions. Homos, hétéros, en couple, tout le monde voulait savoir. De ces bruits de couloir, les deux amis s'en amusaient. Il n'y a rien de plus drôle que de jouer des rumeurs qui nous touchent. Noha l'avait compris très tôt et adorait ça. Savoir que personne n'oserait jamais se sentir assez courageux pour oser aborder ce sujet. Il faisait ce qu'il voulait avec qui il voulait ; Diego était le meilleur partenaire qu'il n'ait jamais connu. Il savait au fond de lui que ce qu'il ressentait se rapprochait dangereusement de l'amour. Hors de question pour Noha de tomber dans ce cliché sordide. C'est pour ça qu'il se devait de le torturer à sa manière, quelques fois. Comblé de n'avoir de compte à rendre à personne, c'est bien Diego qui lui apportait le minimum vital de morale et de bonne conscience. La bande commençait sérieusement à être en retard, il fallait y aller.

L'entrée en classe, comme celle dans l'enceinte du lycée, était une véritable parade. Chacun avait son rôle et chacun se gardait bien d'outrepasser son rang. Tous restaient à leur place, plus ou moins glorieuse évidemment. Le professeur énervé de voir arriver toute une classe en retard ne pouvait s'empêcher de montrer son mécontentement. Noha s'amusait de cet état fébrile mais il sentit bien que quelque chose n'allait pas. C'était trop facile, trop simple. Après une minute interminable où tous les élèves de la classe prirent place, M. Debret prit la parole sur un ton très solennel, inhabituel.

— Chers tous, merci de bien vouloir être attentifs à ce que je vais vous dire.

L'interrogation générale s'exprima alors dans un ballet de regards, de mouvements d'épaules et de chuchotements qui cessèrent brutalement au « s'il vous plait » sec et froid du cinquantenaire qui se tenait près de son bureau, debout.

— J'ai une triste nouvelle à vous annoncer et je veux que vous sachiez que tout le corps enseignant se tient à votre disposition pour vous écouter et parler avec chacun d'entre vous si vous en ressentez le besoin. Il respira un grand coup et marqua une pause hésitante à ce discours qui donnait l'impression d'avoir été appris par cœur.

— Comme vous pouvez le constater, Mademoiselle Ingrid Laporte n'est pas présente parmi nous ce matin ; le proviseur et moi-même avons été mis, très tôt ce matin, au courant du suicide de votre camarade.

Stupeur et… effroi dans l'assemblée. Cette annonce, comme l'éclat de milliers de miroirs à la même seconde, déclencha une fanfare de larmes et de cris qui sembla durer une année. Certains se prenaient dans les bras ; d'autres ont rentré leur tête dans leurs bras croisés. Noha et Diego échangèrent un regard et à l'unisson se prirent tendrement la main sous la table. Apaisés, les deux amis ne pouvaient refréner cette envie dévorante d'émettre un contact physique. Cette réaction Noha ne se l'expliqua pas tout de suite. Il lui fallut bien une minute pour comprendre un certain nombre de choses. Il réalisa alors que tout pouvait disparaître en un instant. Rien n'est éternel mais pire encore, c'est une fois qu'on croit tout pouvoir posséder que tout s'effondre de la manière la plus sordide qui soit. Il ne tenait pas particulièrement à sa camarade, il ne lui avait adressé que des gestes cordiaux. Il ne voyait en elle qu'une fille simple et gentille qui ne faisait de mal à personne. La nouvelle de sa mort n'avait éveillé en lui que l'idée dévorante d'abandonner toute sa cruauté pour n'être qu'un garçon normal avec des réactions banales. Il se sentait alors épuisé de vanité et demandeur de simplicité. Tenir la main de son ami, à cet instant, était la plus belle chose qui pouvait lui arriver. Il se sentait libre et gâté de pouvoir caresser les doigts d'un être cher. Effrayé aussi, dénué de toute prétention et bizarrement enclin à la rédemption. Ce qui venait de sauter au cou de Noha, à travers cette nouvelle, c'est un sentiment dévorant de culpabilité. Il ne pouvait s'empêcher de se sentir responsable de cet événement. Le professeur qui avait continué son laïus prononça une dernière phrase de consolation pour enfin libérer tous les étudiants qui étaient renvoyés chez eux, auprès de leur famille.

À la sortie, un groupe constitué de différents élèves s'était réuni pour discuter. Personne ne pouvait retenir toute l'émotion d'une telle tragédie. Les gens ne cessaient de se soutenir, littéralement les uns les autres. Tous craquaient. Noha s'était mêlé à une parcelle du groupe qui se posait la question des raisons d'un geste aussi fort. Que s'était-il passé ? Comment n'avaient-ils pu rien voir ? Comment avaient réagi ses parents ? Bientôt, l'envie de savoir si elle avait laissé un mot ou une note prit l'ampleur des dialogues, ce qui dégouta Noha. Se dire qu'un tel acte n'allait cesser pendant des mois d'alimenter l'attraction malsaine des gens pour cette mort si singulière qu'est le suicide. Cette mascarade dura bien une demi-heure. Il sentait qu'il fallait qu'il s'en aille d'ici. Cet endroit, terrain conquis, commençait à le rendre malade. De chagrin, de honte... Il ne le savait pas vraiment. Il reprit la main de Diego et l'attira un peu à l'écart du groupe pour lui glisser à l'oreille : « je n'ai pas envie de rentrer chez moi, je n'ai pas envie de rester seul ». Diego le prit légèrement dans ses bras et ils empruntèrent tous deux la route dans la même direction.

La pluie tombait plus violemment encore au rythme de leur ivre incompréhension. Sans se lâcher la main, ils continuaient d'avancer, lentement, passivement. L'eau coulait sur leur peau et s'infiltrait à travers leurs vêtements. Sans mot dire, l'atmosphère semblait pourtant dénuée de gêne. Ils ne savaient pas ce qu'ils allaient faire, ne voulaient pas se le dire mais pour rien au monde ne se seraient séparés. La cadence des pas s'accéléra, ils avaient froid. L'immense porte bleue de l'immeuble se présenta à eux comme une réponse à leurs prières de chaleur. Le temps que Diego trouve ses clés, qu'il introduise le bout de métal dans la serrure et qu'il offre enfin l'accès à la cage d'escalier sembla durer cent ans. Ce n'était plus le froid qu'il craignait, au contraire c'était la chaleur qui ne cessait de grandir au fond de son corps. Ils escaladèrent les quatre étages pour enfin atterrir sur le palier. Le jeu agaçant des clés reprit mais fut expédié rapidement. En pénétrant à l'intérieur, Noha se sentit enrobé d'une vague nuageuse, il était là où il devait et voulait être. Ici, pas d'interdits, les limites avaient été abandonnées au beau milieu des rues que les deux amis avaient traversées.

— On fait quoi maintenant ? dit Diego d'un ton sérieux, tendu.

— Tout ce qu'on veut, tout sauf de parler d'Ingrid, en fait, tout sauf parler.

— Alors, viens m'embrasser, tu en meurs d'envie autant que moi.

Noha s'avança d'un pas décidé vers Diego et saisit ses avant-bras pour laisser glisser ses mains dans celles de ce coéquipier qui n'avait plus envie de badiner. Il déposa sur ses lèvres un baiser tendre. Tous deux, les yeux fermés, s'abandonnèrent au plaisir insouciant d'un innocent moment de chaleur humaine.

Les jeux d'enfants n'existent plus, les caprices et idées tordues ont disparu. De ceux-là, ne reste à présent que l'essentiel. Deux corps aux âmes nues dont l'esprit s'unit en parfaite harmonie. Un moment de grâce inouï où leurs ailes alliées prennent le large dans une direction symbiotique. Leur peau, comme brulée par l'attraction charnelle, vient s'entremêler dans une pureté absolue. Les mots n'ont pas leur place ici. Seule l'expression physique a le droit d'être et d'avoir. Donner et recevoir dans la plus neutre des dimensions. Ce n'est plus une compétition mais bien une belle union.

Une fois les minutes de bonheur volées à la tristesse et au mépris, que les membres se décontractent et que l'acte prend fin, les sentiments sont soulagés et la conscience, commune, promet une bienveillance naissante. À présent, ils seront seuls, à deux.

Est-ce que c'est ça, grandir ? Ne plus avoir peur de prendre quelqu'un dans ses bras. Se rendre compte que la brutalité du monde peut être contrée et vaincue à armes d'amour et non de haine. Que les bêtises qu'on se raconte ne sont pas plus solides qu'un château de sable. Que la carapace qu'on s'est construite finalement n'est pas notre alliée, c'est simplement plus facile, parfois, de se leurrer au lieu d'affronter la vie pour ce qu'elle est dans toute sa complexité. On se réveille enfant, naïf et capricieux pour se coucher le soir venu, un peu plus grand mais bien conscient que ce n'est que le début de l'apprentissage. Et ce voyage, qu'on le fasse seul ou accompagné, va nous emmener dans des contrées mystérieuses, quelques fois douloureuses ou merveilleuses. Faire le choix de l'amour est bien plus courageux, c'est sinueux certes, on trébuche, se cogne et s'égratigne mais cette chanson vaut la peine d'être entendue. Ne serait-ce que pour rendre hommage à tous ceux qui, trop tôt, ont décidé de quitter le concert de la vie.

Dimanche

Depuis ses 9 ans, elle dort avec les volets ouverts, vingt ans plus tard, cette habitude ne l'a pas quittée. La lumière qui caresse son visage l'éveille tendrement. Se prélassant nonchalamment dans ses draps blancs, Louise effleure du bout des doigts la nuque de son bel amoureux endormi. Ce moment, hors du temps, lui appartient et elle en savoure chaque instant. Le spectacle des rideaux transparents dansant à la cadence des brides de vents matinaux du mois de juin accompagne sa route jusqu'à la cuisine. Quelques minutes plus tard, tout l'appartement de la rue Jean-Pierre Timbaud sent bon le café. Elle aime toujours Caillebotte, Chopin, Barbara, le miel et le vin mais plus la camomille, ni Warhol ni Erik Satie. Ses cheveux se sont un peu raccourcis et elle voit les choses avec plus de philosophie. La journée est parfaite, idéale pour dire ce qu'elle a à dire, faire ce qu'elle doit faire. Elle n'est pourtant pas pressée qu'il se réveille, son homme, cet homme qu'elle aime à la folie. Elle déguste délicieusement ce répit inestimable. Pour une fois dans sa vie, elle n'a rien envie d'ajouter, de modifier, refaire, bouger, réorganiser, améliorer, repenser. Tout est parfait. Car elle n'y a même jamais réfléchi, rien de tout ça n'avait été prévu ou planifié. Louise s'approche délicatement du corps nu et délassé de sa moitié, observant chaque parcelle, chaque grain de beauté, plis, courbes de cet être chéri. Elle passe sa main le long de son torse jusqu'au bas de ses reins. Ils méritaient tous les deux de s'être trouvés, ils habitent leur propre univers en marge des conventions et des règles étouffantes du couple. Ils s'aiment depuis quatre printemps à leur manière, aussi belle et imparfaite soit-elle. Il y en a eu des soirées enivrées, escapades spontanées, disputes endiablées. À deux, ils ont traversé des chemins de campagne déserts, admiré des levers de soleil en plein hiver et passé des soirées en pyjama à regarder des films en noir et blanc. Dans leur intimité comme une voie lactée, que des étoiles filantes à lancer dans l'univers. Le monde extérieur, c'est par le trou de la serrure qu'ils le dévisagent. Aujourd'hui, tout va changer. Encore quelques secondes de solitude avant de le retrouver et tout lui dire. Lui annoncer la simple et belle vérité.

— Bonjour, mon amour.

Il s'est retourné et lui fait maintenant face avec ses yeux pas tout à fait réveillés et le visage marqué par les traces d'une nuit trop courte. Sans voix, un sourire sur les lèvres, elle prend ses mains dans les siennes avant de les déposer sur son ventre couvert de sa nuisette en soie crème. Elle aurait voulu pouvoir prononcer quelques mots d'introduction mais tout lui semble fade à présent. Un geste est suffisant, pas d'artifices ni de grands discours. La chaleur de la peau, les caresses et les regards partagés des deux êtres sont messagers d'un cadeau de la vie. Lui comprend en une seconde, à croire qu'il venait d'en rêver cette nuit. En cette journée si particulière, en silence, il la prend dans ses bras et lui offre une étreinte émue de bonheur humble et sincère.

De la poussière

Ça n'a duré qu'une seconde. Unique, une seule seconde ou 9 192 631 770 oscillations liées à la fréquence de transmission hyperfine de l'atome de césium. Ma respiration, les battements de mon cœur, ma circulation sanguine, les frissons sur ma peau, à cet instant précis, semblèrent durer toujours ; plus qu'un ralenti, un véritable arrêt sur image, inestimable, qui me faisait prendre conscience de l'être que j'étais. Une poussière dans l'univers. Une énième bouffée de cigarette recrachée. Je fermais les yeux puis les rouvrais sans plus vouloir les clore à nouveau. Faire de cet instant une éternité, voilà tout ce qui comptait. Je partirai en affirmant avoir bien vécu. Ma vérité. La vérité est toute autre. J'ai tellement raté, loupé et regretté que ma vie n'est qu'une suite d'actes manqués, de désillusions et d'hypocrisies mondaines. J'ai vécu une existence agréablement rangée, arrangeante et attendue. On m'a donné toute une vie pour que je puisse me tromper sur le sens de celle-ci. J'ai respecté les codes, les règles et j'ai subi les évènements en disant merci. J'aurais dû dire merde à la place. Vivre nue, seule et à plusieurs. J'aurais dû boire plus et être infidèle. Vendre mon corps et conduire les yeux fermés. De toutes les façons, bons ou mauvais, chacun a droit à la mort. Alors, j'aurais dû emmerder la vie. On paye tous le même prix. J'aurais voulu partir sans supporter le poids de mes valeurs, seulement avec la légèreté de mes erreurs mais m'en aller libre d'insouciance. Cette feuille de résultat sanguin gisant là sur cette table ridicule me transperce le cœur en différents endroits ; tellement de fois que je finis par oublier la douleur qui, en un instant, est remplacée par quelques larmes salées. Une, deux, puis tout mon visage est plus humide qu'une journée de pluie parisienne. Ça y est c'est sûr, cette saloperie de cancer est de retour. La seule différence qui existe entre cette fois-ci et la précédente, c'est que je sais que je n'aurai pas la force de me battre. Je n'ai plus qu'à faire mes valises et m'en aller. Aussi sagement que je suis arrivée dans ce monde, en silence et sans faire de vagues.

Gaby était restée là, seule, sur cette chaise en bois d'un autre temps. Elle avait toujours consenti à vivre dans un endroit qu'elle disait « à son image », vieillot, décrépi et usé. Le peu d'amis qui lui restait lui disait, et le pensait, à chaque fois qu'ils passaient le pas de sa porte, tous pouvaient sentir une chaleur réconfortante. Sentant poindre en elle de nouvelles larmes, elle se devait de changer d'atmosphère. Au travers de la fenêtre, elle apercevait les gouttes de pluie déferler sur ses carreaux de cuisine. Elle se ravisait de sortir de chez elle, elle détestait la pluie. La solution la plus évidente semblait être de prendre un bon livre tout en sirotant son thé au jasmin préféré. Elle savait que le choix du livre lui prendrait un certain temps, elle décida alors de commencer par la préparation du breuvage. Toutes ces années d'errances, d'attentes, lui avaient fait prendre un certain nombre d'habitudes. Après quelques minutes et en attendant de pouvoir commencer à boire son thé brûlant, elle se dirigea vers sa bibliothèque qui se trouvait entre le salon et la chambre.

Elle était très fière de cette pièce. Quatre murs habillés de livres du sol au plafond. Hésitant entre les romans classiques découverts il y a bien longtemps sur les bancs du lycée Perthelot, elle hésita une seconde à se replonger une nouvelle fois dans les aventures tumultueuses de Julien Sorel ou encore celles de Madame Bovary. Puis, après de longues minutes de contemplation et de recherche, elle aperçut ce livre, oublié depuis longtemps, posé nonchalamment entre un essai littéraire sur le plagiat et une thèse sur la série des Rougon-Macquart qu'un de ses anciens étudiants lui avait fait lire. Ce livre, petit, abimé, semblait vouloir attirer son attention. Elle le saisit alors pour en redécouvrir le titre « Une histoire perdue » de Jacques Mangel. Avec ce titre et ce nom, un million de souvenirs lui revinrent à l'esprit. Cet homme avait tant compté. Cette histoire lui avait tellement manqué. Elle avait rencontré Jacques à la sortie d'un cinéma du Vᵉ arrondissement. Elle ne put se rappeler du film qu'elle était allée voir mais pouvait se souvenir de la robe qu'elle portait, du parfum qu'elle avait et des frissons ressentis aux premiers mots que le jeune garçon avait prononcés. « Certains films ne marquent pas un esprit, mais certaines personnes vous restent à jamais gravées dans le cœur ». Ils avaient ensuite pris un café et une glace qu'ils avaient dégustés sur les bords de Seine. Trois mois de romance plus tard, les amants passionnés avaient dû se séparer. Elle devait finir son mémoire sur la place des femmes dans le paysage littéraire du XXᵉ siècle et lui, qui avait soif d'aventure, était parti pour l'Amérique du Sud. Elle avait alors refusé de le suivre et s'en était voulu à jamais de ne pas avoir plié bagage ce jour-là. Elle avait reçu quelque temps plus tard un exemplaire, cet exemplaire, du livre qui avait vu le jour à la suite de ses aventures en Amérique latine. Une note figurait sur la première page : « Les mots écrits ne sont que des mots, les souvenirs ne sont que des souvenirs, mais des mots écrits à partir de souvenirs peuvent donner vie à une belle histoire, chère Gaby, je ne vous oublierai jamais ». C'était précisément ce livre qu'elle avait envie de lire. Plus qu'une envie, un besoin. Elle savait qu'à la relecture, elle pourrait ressentir encore une fois à quel point elle avait été capable d'aimer. À quel point une personne avait pu la faire trembler de bonheur. Car elle avait été belle et désirable, même si aujourd'hui, elle n'apercevait dans le reflet du miroir qu'une ombre vagabonde qui ne savait plus quel but atteindre. Le passé et les souvenirs lui apporteraient pour sûr un sentiment de réconfort. Quand vient le bout de la route, on emprunte les chemins d'hier et on s'élève pour écrire des lendemains imaginaires. Toutes les histoires du monde ne finissent pas en poussière.

Au bord de l'eau

Était-elle bien réelle ?

Seul sur des marches de pierre, je lisais tranquillement face à la marée descendante de la Thames. Sentant une présence douce s'approcher de moi, je délaissais ma lecture pour me réconcilier avec le cadre qui m'entourait et à ce nouveau personnage qui venait habiter mon décor. Elle était en retrait, calme, la vingtaine à peine entamée. De sa voix basse et saturée, comme un murmure, elle me souffla que j'avais « l'air d'être en paix ». Et une seconde plus tard, une rivière de larmes se mit à couler le long de ses joues. Surpris, je lui dis avec les yeux que je voulais l'écouter, être celui sur qui elle allait, l'espace d'un instant, pouvoir se reposer, s'épancher. Tous les deux maintenant côte à côte, la symphonie de la détresse pouvait se dérouler. Cet ange de noirceur était assis là, tout près de moi, comme une illusion. De sa bouche sifflaient des hurlements stridents, secs, douloureux. La boîte de Pandore avait été ouverte et j'en étais le premier sujet. Un spectateur impuissant, penaud, réduit à l'étonnement d'un enfant. Lorsqu'elle reprenait sa respiration, sans lâcher ma main que je lui avais offerte en soutien, elle me parlait de démons qui revenaient toujours pour la torturer et lui grignoter l'esprit, que l'ingénue avait tout essayé, rien n'y faisait, le gouffre s'ouvrait de nouveau sous ses pieds, prêt à l'engloutir. À force d'alterner les paroles et les silences, le rythme de notre chanson arrachée au temps prit de plus en plus de contresens. Dans son regard, la détresse mêlée à l'épuisement des sentiments. Et quand les souffles n'œuvraient plus, les cris cinglants reprenaient le dessus. Tant de tristesse, il fallait l'exorciser. Mes mots ne semblaient pas calmer ses maux. À quoi bon vouloir tempérer la peine et la souffrance, cette blessure béante est si douloureuse, que toutes les paroles mêmes les plus avisées, censées et sincères ne font pas effet de pansements. La plaie est vivante, elle a fait de son corps et de sa tête son terrain de jeux. Une question de place, de sujet et d'espace. Elle a fini par se lever, et son merci désenchanté me piqua si fort l'âme que mon cœur se mit à se fendre silencieusement, comme une incision invisible et pourtant bien lancinante. Elle s'apprêtait à partir, et je ne savais pas s'il fallait, si même je voulais, la retenir. Elle s'en est allée, après m'avoir assuré qu'elle prenait le chemin de sa maison. Était-ce la vérité ? Ma propre fragilité n'a pas su franchir ce voile, par peur, par pudeur ou tout simplement par faiblesse. Sa silhouette a disparu derrière moi et je me suis retrouvé de nouveau seul, le livre tenu dans la main qu'elle n'avait pas serrée. Je ne la reverrai jamais, pas de prénom pour me raccrocher à cette épopée, je ne lui ai pas demandé. De ces rencontres qui laissent des marques indélébiles, on n'en ressort pas indemne, on cogite, on retrace l'histoire dans sa tête, on l'écrit aussi pour s'en souvenir. Qu'est-ce que bien agir si ce n'est être présent. Une entité éphémère et étrangère certes, mais d'une manière réconfortante presque essentielle. De ce moment n'en restera que la déroute et le reflet de mes propres démons intérieurs. Cette inconnue aurait pu être moi, mon meilleur ami, ma voisine, un membre de ma famille… tout le monde à la fois.

Était-elle bien réelle ?

Mise en scène

« Le seul moyen de se délivrer d'une tentation, c'est d'y céder. Résistez et votre âme se rend malade à force de languir, ce qu'elle s'interdit. » J'aurais dû écouter Oscar Wilde, je n'en ai pas eu le courage. Dommage pour mon âme. L'embrasser, j'en avais l'envie mais pas l'audace, par crainte, par bêtise. Juste pour lui dire au revoir, lui montrer que je m'étais attaché…

Je porte sur mon visage un sourire radieux, serein et poli, un masque parfait pour panser mes plaies, mes noirs secrets. Assis, las et là, au milieu de la scène, j'ai mis en sourdine le triste spectacle des rires et des paroles de tous ces étrangers qui m'entourent et semblent me regarder. Dans ce décor de faux-semblants, je me sens comme un intrus, un invité de dernière minute, une pièce rapportée. La représentation n'a pas encore commencé et pourtant chacun semble déjà jouer la comédie. La solitude est plus insupportable encore lorsqu'elle est donnée en spectacle aux yeux des autres, ces autres qui se fondent parfaitement dans un tableau harmonieux, socialement respectable et justement orchestré. Hors cadre, je songe au mépris que cette contemplation m'inspire. À 23 ans, il est effrayant de constater qu'on se parfume de colère et d'amertume, cette odeur presque imperceptible qui pourtant embaume mon esprit, mon cœur et mon corps.

Je n'ai prononcé aucune parole encore, mes bras, mes jambes sont dans l'incapacité d'émettre quelque mouvement que ce soit. Il paraît que je suis réservé, timide et coincé. C'est pour cela que je me trouve ici, dans ce théâtre aujourd'hui, sous les spots agressifs et aveuglants, à devoir écouter un comédien âgé, raté et frustré nous raconter qu'ici tout est possible, qu'on peut être qui l'on veut, libre. J'aurais pu et voulu verser des larmes, hurler et tout casser, devenir un animal sauvage, une bête féroce échappée de sa cage. Je n'ai rien fait de tout cela, je suis resté seulement assis à demi endormi comme dans une bulle sans oxygène. L'asphyxie à l'état pur. Comme un camé accro au désespoir, je me laisse couler lentement et me shoote au vague à l'âme.

— Jeune homme, debout ! On se réveille, la sieste c'est pour plus tard.

Des mots sortis du néant accompagnés de rires acides et stridents se diffusèrent dans les airs. Le prétentieux et suintant professeur s'était rapproché et penché, il me fallut un moment pour comprendre que c'était à moi qu'il s'adressait. Le moment était venu de prétendre faire partie de ce tout absurde, habiter ce château de cartes branlant, prendre place dans cet avion en papier.

— Allez tout le monde se pousse de la scène, on va commencer avec le petit nouveau.

Dans une cacophonie brouillonne et désagréable, la quinzaine d'individus se mit à se mouvoir en direction des fauteuils rouges, chahutant tels des enfants qu'ils n'étaient plus censés être depuis longtemps.

L'odieux personnage asséna une sentence qui me fit penser à un couperet.

— La scène est à toi mon gars, on va commencer par un exercice un peu compliqué pour te mettre dans l'ambiance vu que tu as l'air perdu.

Voilà qu'une deuxième vague de ricanements résonnait déjà au loin. Il alla rejoindre la masse, s'assit et me fixa du regard comme un bourreau qui n'avait pas encore choisi le châtiment qu'il allait infliger.

— Tu dois… nous faire ressentir quelque chose, bouge, parle, c'est parti lance toi, décroise tes bras.

Debout devant ce public qui m'indiffère, ce ringard que je déteste, je me suis mis à les regarder tous, les épier, les percer comme des proies faibles, des cibles fragiles. Mâchoires contractées, poings serrés, je baladais ma férocité par-delà leurs têtes hébétées. Une larme s'est mise à glisser sur ma joue droite, une fois qu'elle avait atteint la commissure de mes lèvres, une seconde la rejoignit de l'autre côté. Deux gouttes de pluie salée, tendres et magnifiques. Impossible de dire combien de temps s'était écoulé. Une minute peut-être, moins sûrement. Mon mépris, c'était le cadeau que je leur offrais, un miroir tragique sur leurs propres démons, leurs peurs et toutes leurs faiblesses.

— C'est toujours la même rengaine, cette ritournelle de la névrose, plus ça change et plus c'est la même chose.

Ces mots, je les ai prononcés d'une voix joliment fissurée par l'émotion. Le silence avait envahi l'espace, seul sous la lumière, j'avais l'impression de respirer pour la première fois. Mes yeux se sont fermés pour s'ouvrir à nouveau sur une pièce qui paraissait différente. J'ai salué comme les vrais comédiens le font à la fin, j'ai récupéré mon manteau, déposé mon sac sur mon épaule, descendu les marches de la scène et ai quitté ce cours de théâtre sans me retourner, sans leur prêter la moindre attention. J'ai claqué la porte, juste pour la beauté du geste. Trois pas en avant plus tard, j'entendis une tempête d'applaudissements. Une fois dehors, une pluie vive et fraîche vint caresser mon visage, quelques mèches de cheveux humides vinrent toiser mes cils. Avoir peur des autres, c'est avoir peur de soi. J'aurai au moins compris ça. Je laissais derrière moi cet entracte et poursuivis mon chemin, je savais exactement où je devais aller, qui je voulais retrouver.

J'avais en tête des notes de piano comme une bande-son dans cette épopée pour rejoindre l'être tant aimé. Je m'obligeais à ne pas réfléchir, à ne pas imaginer comment ça pourrait se passer, j'étais lancé et rien ne devait entraver mon souhait d'arriver jusqu'à lui. Je mettrais toutes les cartes sur la table sans anticiper les coups de l'autre, sans aucune stratégie. L'endroit se trouvait à quelques kilomètres de là et j'eus l'impression de les parcourir en quelques minutes. La notion du temps était décidément une chose bien mystérieuse en ce samedi après-midi de décembre. J'arrivais devant l'enseigne du café, pris une bouffée d'air frais comme on prendrait un verre de vodka avant d'aller sur la piste de danse. Je n'osais projeter la chorégraphie qui pourrait se dérouler dans quelques instants. J'ouvris la porte et l'aperçus à une dizaine de mètres de moi, j'attendais qu'il jette un coup d'œil dans ma direction, avant de prononcer des mots qui sommeillaient en moi depuis notre rencontre quelques mois auparavant.

— Si le bonheur est le plus vil de tous les mensonges, mens-moi, mon amour, mords-moi de tous tes pour toujours.

Il ne répondit rien à cette réplique, s'avança vers moi comme une ombre furtive. En un regard, il me faisait toutes les promesses du monde, au-dessus de nous flottait un millier de particules d'espoir comme des visions de routes en ligne droite, ses mains sur moi, sans rien ni personne autour. Une échappée belle, volée à la raison et à la sagesse. Il déposa sur ma bouche un baiser d'enfant maladroit, puis un deuxième d'homme assuré. Une étreinte peut bousculer la gravité, j'en perdis sa notion. Mon existence au creux de ses bras, tous mes désirs sur sa peau, à partir de cet instant je lui donnerai tout.

Toutes les histoires d'amour méritent d'être vécues, imparfaites soient-elles. Oubliée, la pudeur, balayés les non-dits, on doit se mettre à nu pour pouvoir se réchauffer auprès d'un autre. Être qui l'on est, qu'importe le prix, et surtout, écrire son propre scénario et ne pas passer à côté du rôle de sa vie.

À belle allure

J'adore la pluie. Son parfum, sa force, ses multiples facettes. Elle se transforme et change de vie en une seconde. La pluie est libre, sensible, fragile et éphémère. La pluie est parfaite. Délicate avec tous les visages qu'elle liquéfie. Ce sirop magnifique m'enchante aussi bien qu'il me rend triste et nostalgique. J'aimerais être une goutte de pluie, une parmi tant d'autres. Je voudrais qu'on me laisse tranquille, qu'on ne me connaisse pas, qu'on ne me juge pas, en somme qu'on me permette de vivre ma vie de goutte de pluie. J'ai la tête étourdie et passe le plus clair de mon temps à me détester. Je me hais comme je hais tout ce qui m'entoure. Cet appartement idiot dénué d'âme agencé comme un magazine de décoration, ces coussins trop moelleux qui m'étouffent… Rien n'a de sens et j'ai envie de tout envoyer valser par la fenêtre. Je ne comprends pas les gens, leurs peines, leurs sentiments, leurs états d'âme. J'ai perdu depuis longtemps l'innocence de ma jeunesse. J'ai 20 ans seulement pourtant je me sens usée, abusée et surtout trop en colère pour mon âge. Je suis mannequin depuis maintenant deux ans et j'ai, comme ils disent tous, beaucoup de chance. Je gagne de l'argent, possède de jolies choses. Voilà ce que je suis devenue, une jolie chose qu'on maquille, habille, désarticule en fonction de son utilité. Mon corps est un outil qui a déjà bien trop servi. Quand je me lève, c'est vers le miroir que chaque matin je me dirige. Ai-je grossi, non bien sûr que non, comment serait-ce possible ? J'ai des cernes ? Ça pour en avoir… Trop de nuits blanches, de soirées enneigées à essayer de m'oublier. Mon corps et mon visage ont beau être dans les magazines de papier glacé, sans artifices je me trouve miséreuse, livide, blafarde et sans intérêt, tout comme ma vie l'est devenue au gré de cet univers de plastique qui m'écœure et me tue. Les gens se perdent dans leur égoïsme, ils se gargarisent avec leur bêtise et se complaisent dans l'idée de n'être que l'ombre d'eux-mêmes. Ai-je encore le choix ? Comment faire machine arrière ? Plus je scrute ce corps que j'ai peine à reconnaitre, plus je me dis qu'il faut que j'arrête de le regarder. Atteindre la perfection standard est un exercice de torture, c'est éreintant et au bout du compte ça n'apporte rien. Les vêtements, les parutions, qui s'en souviendra dans cent cinquante ans ? Personne. Je suis consciente de passer à côté de ma vie avec classe et panache. J'ai eu l'excuse de mon physique pour arrêter les études et me contenter de faire la moue devant l'objectif. J'ai succombé à l'allure séduisante et flatteuse des flashs. J'en paye ce matin, et comme tous les autres matins, le prix. Je me suis transformée en cette personne haineuse, aigrie et froide que j'ai toujours redouté de devenir. Si les choses peuvent changer pour les autres, si rien n'est écrit d'avance, alors je peux aussi y arriver, incarner celle que la petite fille que j'étais serait fière de prendre pour modèle. Une nouvelle journée commence et je l'ai débutée avec de bien tristes pensées. Dans quelques heures ou même minutes, je pourrai réfléchir autrement. L'idée seule qu'il pleuve ce matin pose sur mes traits fatigués un sourire discret qui illumine déjà un peu ce reflet dans le miroir.

En sortant de la salle de bains, Célia aperçut, posée sur le rebord de la fenêtre de sa chambre, une photo prise il y a bien longtemps. Dans un cadre fin et élégant avait pris place l'image d'un souvenir. Celui d'elle, petite, qui ne devait pas avoir plus de cinq ans et de sa mère, disparue il y a un an à peine. La vue de cette photo ravivait à chaque fois le souvenir douloureux de la perte de cet être si cher. Les deux protagonistes étaient lovées dans un ancien canapé de cuir et leurs yeux étaient presque fermés tellement le sourire était grand. Les fossettes, semblables à la mère comme à la fille, apportaient une lumière incroyable qui semblait alors ne jamais pouvoir s'éteindre. Posée là, négligemment, Célia songea que c'était le bien le plus précieux qu'elle possédait. Cet océan de mémoire dans lequel elle aimait à se plonger pour éviter de penser à son présent, ces voyages dans le temps étaient comme une bouée de sauvetage. Mais depuis peu, c'est trop souvent qu'elle avait besoin de s'y réfugier. Les voyages à la campagne dans la maison familiale, les gouters d'anniversaire dans la véranda de leur ancienne maison de banlieue et surtout les dimanches matin que Célia et sa mère partageaient toutes les deux en musique, à danser et chanter leur chanson préférée « Sunday morning » des Velvet Underground. Cette nostalgie enivrante fut interrompue par la sonnerie froide et exaspérante de son téléphone.

« Salut, Lili, tu dois être présente à la séance photo à 10 h 30, OK ? Ne sois pas en retard, d'accord ? ».

La voix sans saveur de son booker lui rappelait à quel point elle détestait ce genre d'appels professionnels.

« OK, on se voit plus tard ». Discussion brève, échange rapide, l'épanchement n'est jamais au cœur de ces discussions si on peut les appeler ainsi. Et tant mieux, c'est un point positif. Elle savait déjà très bien où et à quelle heure avait lieu ce shooting. Elle mit environ une heure à se préparer. Après une douche à l'eau bien chaude, elle enfila un jean slim noir qui mettait en valeur sa taille fine et ses jambes fuselées, un haut gris en cachemire doux et chaud, des chaussures noires en cuir grainé à talons et un trench-coat imperméable. Voilà la panoplie d'un mannequin qui s'apprête à passer une énième journée à attendre, poser, poser encore et rentrer. Il était bientôt 10 h et elle savait le trafic de la capitale capricieux et imprévisible. Pour atteindre la Place de l'Amérique, il lui fallait au moins quarante minutes. La ponctualité de son rendez-vous était déjà menacée. Elle n'en avait strictement rien à faire. Ça n'avait aucune importance. En descendant les marches de son immeuble, elle repensait à son enfance, ses frères, ses parents et tous les week-ends passés à vivre ensemble des souvenirs de vie qui semblaient maintenant bien lointains. Des instants simples, si purs qu'on ne se rend pas compte de l'importance qu'ils prendront plus tard. Arrivée à la bouche de métro, elle éprouva soudain l'envie d'organiser une virée champêtre avec ses frères qu'elle n'avait pas vus depuis quelques mois. Cette idée lui faisait plaisir et faisait partie d'une des choses à laquelle elle n'allait pas se dérober. Elle y tenait à ce week-end et il allait avoir lieu. Engouffrée dans la bouche de métro, elle marchait d'un pas décidé sans regarder autour d'elle. Consciente de ses atouts, elle sentait le regard des gens sur elle. C'est comme si elle avait tatoué sur le front MANNEQUIN en lettres capitales. « Attention à la fermeture des portes », de justesse, elle avait réussi à grimper dans la rame. Les stations s'enchaînaient sans qu'elle ne tienne compte de l'avorton braillard dans sa poussette, du travailleur endormi et des trois types louches qui l'épiaient comme un morceau de viande, prêt à être dévoré. Les écouteurs dans les oreilles, elle se laissait voguer à travers le rythme d'une chanson de Florence and The Machine, *Cosmic Love*, sa préférée du moment. Une fois sortie dans la rue, la divine danseuse se lança dans une chorégraphie de petits pas lents et mesurés. Elle n'avait pas envie de se presser. Elle savait d'avance qu'on allait la traiter comme une minable sotte, bonne à rien et surtout pas à être ponctuelle. Les portes du studio traversées, Célia se dirigea directement vers le standard pour annoncer son arrivée. Face à elle, une petite blonde se tenait assise avec son oreillette, les yeux rivés sur son écran d'ordinateur.

« Excusez-moi, Célia, je viens pour le shooting avec Greg. »

« Pas trop tôt » furent les trois mots prononcés par cette bouche charnue et peinte d'un rouge orangé vulgaire à souhait. « Tout le monde vous attend, c'est au troisième étage, prenez les escaliers, l'ascenseur est en panne aujourd'hui ».

Passant la main dans ses cheveux, Célia avait déjà du mal à se contenir face à un tel accueil. « Merci beaucoup ! » siffla-t-elle avec le plus de mépris possible.

Quatre à quatre, elle monta les marches de ces trois interminables étages.

« Putain, Célia, mais qu'est-ce que t'as branlé encore ! Tu nous fous dans la merde, dépêche de filer au maquillage, allez grouille putain ! » Un bonjour tout en délicatesse par cette crotte humaine de Greg, photographe à la mode que tous les plus grands magazines s'arrachent. Évidemment, il était aussi prétentieux que détestable.

Assise devant la coiffeuse, la victime du jour se détendait un peu aux soins prodigués par la maquilleuse qui s'évertuait à être la plus douce possible.

« T'es la plus chanceuse du monde avec ce grain de peau »

« Merci, dis-moi ça te dérange si je fume une cigarette ? »

Le bruit des flashs, la rythmique robotique des prises et des poses, elle pouvait sentir son esprit quitter son corps, une dissociation habituelle qu'elle exerçait avec maestria à chaque fois qu'elle devait être parfaite même si elle n'en avait aucune envie. Célia pouvait sentir son âme spectrale flotter au-dessus d'elle, un peu plus haut que d'habitude. Et à ce moment-là, devant ses yeux éblouis, apparut une vision, un souvenir plus précisément. Celui de sa mère, au bord d'une plage bretonne, la prenant dans ses bras avec une serviette pour la frictionner après une baignade fraiche. Lui revenait en mémoire cette alliance olfactive de l'iode et du parfum de jasmin de sa mère. Cette scène la fit frissonner. Elle aurait voulu sentir l'étreinte réconfortante, la chaleur, la protection et toute cette affection qui lui manquait tant. Dès la fin de son calvaire, c'était décidé, elle partirait en voyage. Elle prendrait le premier train pour une virée à durée indéterminée, appellerait ses frères pour qu'ils la rejoignent faire la fête, rattraper le temps perdu et dessiner un avenir avec plus de couleurs même si la pluie continue de tomber. Une échappée belle pour se retrouver, enfin.

L'Abysse

Lorsque le temps s'arrête et que les secondes disparaissent, la couleur du ciel devient alors le seul indice inscrivant ces moments dans l'espace. Vous vous égarez avec délectation dans les méandres d'une connexion unique, excitante et nouvelle. Une entité sans nom ni définition faisant goûter aux plaisirs de l'échange pur, riche, savoureux. Un flottement délicieux comme un cadeau de la vie qui vous fait sentir vivant, chanceux et gâte un appétit jusqu'alors insatiable. Ces instants sont si rares et précieux qu'on a peur de les laisser s'échapper.

Mais la force du lien s'allie à la fragilité de l'alchimie humaine. On voudrait que cela dure toujours, alors que l'essence même de cette sensibilité repose sur l'incertitude d'un avenir potentiel. Demain n'existera peut-être jamais, l'accepter est le seul moyen de vivre cet interlude divin d'une jolie manière car si la magie vient à disparaître il restera à jamais les souvenirs. Nos protagonistes ont plongé à cœur ouvert dans cet abysse, juste après que le soleil s'est couché et que minuit se confonde avec la nuit.

Se mettre à nu, sans intention charnelle aucune, c'est plus intime encore, plus profond. Deux êtres imparfaits prêts à danser ensemble et explorer quelques gouffres pour en faire émerger à la surface un sens singulier, grisant. On en vient à se demander si on ne fantasme pas la situation, n'est-ce pas juste une fabrication de l'esprit, une chimère ? Un désir si fort de communier avec quelqu'un, qui reflète l'extrême solitude dans laquelle tout un chacun est plongé. Alors on l'exprime et comprend que même si on pense flatter l'imaginaire, l'autre en face fait aussi partie du voyage et c'est à deux qu'on partage cette illusion.

La surprise de se découvrir capable d'être soi-même, naturel, avec une personne que vous connaissez à peine, de ne pas se sentir obliger de porter un masque ou de jouer à quelque jeu que ce soit, c'est aussi simple que ça. Un lieu, un duo et un millier de possibilités, de chemins à emprunter.

— Je vais écrire sur nous deux, sur tout ça.

— Certaines histoires ne sont faites que pour être vécues. Comme un secret que seule la mémoire connaîtrait.

— Mais j'ai peur d'oublier, je voudrais me souvenir toujours, repasser nos conversations et nos regards en boucle dans ma tête, être fidèle à ce qu'on est en train de vivre, la beauté de cette aventure.

Mettre des mots sur l'abysse, c'est déjà en fissurer les contours. Nos instincts nous rattrapent accompagnés du doute et de la crainte de perdre. Mais quelle perte ? On ne possède personne, on doit seulement se laisser porter dans ce train qui mène à la prochaine station.

Eux n'auront échangé qu'un unique baiser interrompu. Un élan coupé à vif par les blessures de l'un. Un choix qu'il a fait pour deux, celui de prendre une direction complètement différente. Un acte déterminant pour la suite des évènements. Un saut en avant.

— J'ai dans la peau une personne que je pensais ne plus aimer. À cet instant, je ne sais pas ce que je veux avec toi. Je ne comprends pas ce qui arrive mais on est chanceux. Et c'est bon de se sentir libre à deux. Toi et moi on décolle les protocoles, et je ne veux pas me sentir obligé de quoi que ce soit.

— Sans nous définir, j'ai besoin de savoir ce qui est en train de se passer. De sentir que tu ne vas pas disparaître et me laisser seul.

— Il ne faut pas que tu aies peur d'être seul.

— J'ai pas peur. Je suis fatigué. Juste fatigué de perdre mon temps à me tromper et ne pas connaître le bonheur de rendre un être aimé heureux. C'est naïf et pourtant c'est à ça que je pense chaque matin en me réveillant.

On traîne les bagages des histoires passées, elles ont laissé des bosses et on appréhende à chaque fois un peu plus de se cogner encore. Les erreurs des uns façonnent la crainte des autres. On ne peut s'empêcher de comparer, analyser, intellectualiser les nouvelles rencontres. On projette déjà l'envie de partager un café dans un lit chaud en plein hiver et de passer des heures à se lover dans des bras pleins d'une tendresse apaisante. On peut avoir froid au milieu d'une journée d'été, si l'on manque de chaleur humaine.

— J'ai partagé plus avec toi dans cet abysse que toutes les personnes que j'ai pu rencontrer, aimer ou haïr par le passé. On a connu la version accélérée de la plus belle des histoires d'amour.

— J'ai envie de me perdre à nouveau avec toi. Je ne veux pas que ça s'arrête.

À la frontière de l'abysse se cache le néant, et c'est à deux qu'on tente la traversée.

Un été

En regardant le visage de sa fille d'habitude si doux, enjoué et plein de vie, ainsi tordu par le chagrin, elle songea que les lois de l'Univers devraient interdire de froisser le cœur d'un enfant de cette façon. Joséphine s'agenouilla avec quelques difficultés pour faire face à cette poupée de six ans aux yeux gonflés par les larmes qui ne cessaient de déferler. Leurs regards entremêlés, la mère entoura Clara de ses bras, si fort, comme pour tenter de réaliser un transfert de douleur. Évidemment, ça ne marche pas de cette manière. Toutes deux l'une contre l'autre se mirent à sangloter à l'unisson. Il était temps de grimper les marches de l'église Saint Matthieu à Aubagne pour dire au revoir, une dernière fois, à Tante Lucie. Le soleil irradiait la grande place, à l'intérieur il faisait frais. Christian prit sa femme par la main, admira ses traits fins, sa bouche carmin délicate et ses cheveux bruns coulant jusqu'au creux de ses reins. Un pincement de lèvres, message tacite disant que malgré tout, ça se passerait bien, qu'ils étaient ensemble, unis, toujours aussi amoureux, et dans ce malheur, bien heureux d'être si soudés. Derrière lui, trainant, Alban, la tête penchée sur ses sandales couvertes de poussière, une moue boudeuse, ennuyée, déjà à 8 ans, une volonté de n'exhiber ses maux à personne. Pourtant, il se hâta de rejoindre son père au moment de passer la grande porte en bois sculpté de l'église romane. Le quatuor s'installa au premier rang, rejoint par Victoire, la sœur cadette de Joséphine, et son nouvel amoureux, Erwan, grand, breton, un air renfrogné, silencieux, surement embarrassé de devoir participer à un événement intime. Ça ne faisait que très peu de temps qu'il côtoyait cette nouvelle conquête et était un peu effrayé de la tournure si sérieuse que prenait cette relation naissante. Victoire portait une robe noire qui descendait au-dessus du genou avec des manches dentelées, confectionnée dans une matière à la transparence aussi évocatrice qu'élégante. Elle était juchée sur des escarpins à talons hauts qui soulignaient davantage sa silhouette élancée, longiligne. Toute en jambes, la petite sœur de Joséphine adorée pour son humour et sa légèreté avait ramené ses longs cheveux châtains en un chignon tiré et minimaliste.

Tout le village était là. La bouchère, le boulanger, le buraliste, les amis venus de Carnoux, Bandol, La Ciotat, les voisins ; tout un peuple amassé qui avait croisé de près ou de loin le chemin de Tante Lucie. La cérémonie pouvait commencer. Les discussions, chuchotements s'estompèrent quand le curé vint s'installer sur la Chaire.

« Nous sommes réunis aujourd'hui pour rendre hommage à Lucie Sinclair qui a rejoint le Seigneur. »

Alban avait délaissé le paysage de ses pieds pour celui de l'assistance, le cou dévissé en direction de l'autre allée. Il cherchait du regard, épiait, espiègle, et enfin trouva un garçon de son âge à regarder qu'il avait aperçu plus tôt lorsque l'attroupement avait débuté dans la journée. L'enfant ne le connaissait pas mais il avait remarqué son ballon décousu et aurait préféré être en train de jouer avec plutôt que de se trouver là, étouffé par cette atmosphère de mort pesante, mal assis ici à écouter déblatérer ce vieillard au discours lent, long et pompeux. C'était l'été, un si bel été, bien trop ensoleillé pour ruminer. Il avait tant attendu que ce moment arrive. La fin de son année de CE2, redécouvrir cette ville, ses secrets, se faire des amis, aller à la plage, sauter dans les vagues salées, manger des glaces au citron, taquiner sa sœur effrayée par les lézards du jardin, et jouer au ballon. Au lieu de ça, les vacances commençaient dans la torpeur du deuil. Papa lui avait expliqué, très vieille et fatiguée la Tante Lucie s'en était allée, qu'ils avaient des choses à régler, que c'était important d'être présents et de lui dire adieu. L'année passée, il s'était gavé de cannelés et de navettes à l'odeur gourmande de fleur d'oranger, et même si ses parents soutenaient une politique du sucre assez stricte, sa grande tante avait toujours dans les poches de ses robes à motif provençal des sucreries à lui glisser en secret, toujours en murmurant « *ça reste entre nous p'tit gars* ». Rien que pour ça, c'est sûr, elle allait beaucoup lui manquer.

Le garçon au ballon avait capté son regard et il lui souriait avec cette innocence de l'enfance qui lui faisait sentir que rien n'était grave, qu'en un instant ils se lieraient d'amitié, joueraient aux billes, aux boules avec les vieux de la place du marché et s'inventeraient un monde à eux, sans parents ni devoirs, sans curé en robe ni larmes sur les joues. Il lui rendit son sourire, détaillant ses grands yeux bleus, ses cheveux comme de la paille et son nez un peu écrasé. Déjà, Alban avait hâte de se présenter.

« *Adorée de son entourage, ses amis et sa famille se souviendront de sa bonté et de sa douceur. Merci à ses nièces Victoire et Joséphine de venir dire quelques mots...* »

Une fois que sa mère lui lâcha la main avec douceur pour aller rejoindre sa tante et le vieux monsieur sur la scène, Clara eut un frisson. Elle se sentait seule au monde, orpheline du cosmos. Et fut une nouvelle fois secouée par une vague de tristesse. C'était la seconde fois que la fillette était confrontée à la mort. Trois mois à peine avant ces vacances funestes, elle avait retrouvé Pivoine recroquevillé, tout sec, dans sa cage. Son hamster russe chéri n'était plus, et avant le dîner son père avait creusé un trou dans le jardin pour mettre le rongeur sous terre. Inconsolable, elle avait compris que jamais elle ne reverrait cette petite boule de poils à laquelle elle s'était tant attachée. Et de nouveau, la mort. Cette fois-ci, c'est pour grande tante Lucie qu'on allait devoir creuser un trou dans le jardin, planter une croix en bois et dire *Hasta la Vista*. Cette formule lui trottait dans la tête, celle-là même qu'Alban avait prononcée pour Pivoine. Mais elle se fit la remarque que le trou devrait être autrement plus grand pour sa tatie. C'est qu'elle avait les fesses rebondies et des nénés sacrément confortables comme coussin, les soirs où toutes les deux se racontaient des histoires, c'était bien pratique. Qui allait lui raconter avec la bonne intonation « Un bon petit diable » de la Comtesse de Ségur ? Son histoire préférée, leur histoire. Clara prit une grande inspiration. Il y avait une odeur semblable à celle de la cave de sa maison, de la pierre mouillée, et ça lui grattait la gorge. Et elle ferma les yeux très fort pour se souvenir du parfum exquis de Lucie, aux notes de jasmin et de biscuits, un vrai délice, et quelques fois avec des nuances de pastis aussi. Accablée à l'idée de ne plus pouvoir la respirer, Clara du haut de son mètre trente-trois se dit que la vie pouvait être bien sombre, et que le cagnard du dehors et les faisceaux lumineux des vitraux n'y changeraient rien.

« Tata, on t'aime de tout notre cœur, et là-haut tu vas tous les faire bien rigoler, tu vas nous manquer. »

Sa mère, qu'elle trouvait étourdissante de beauté, reprit place à ses côtés, essuya son front perlé et déposa sa tête sur son épaule. Maman avait chaud visiblement. Ces derniers temps, elle était en nage tout le temps et toujours à faire des siestes. On lui avait raconté que c'était parce que le bébé dans son ventre n'arrêtait pas de faire de la gymnastique. Même pas encore née, la petite sœur est déjà prête à faire du grabuge ! Décidément, ça faisait trop de changements d'un coup. Les tantes et hamsters qu'on enterre et les bébés qui donnent des coups dans les bidous, ça fait beaucoup. Ce dont elle était sûre, c'est que cette petite peste allait venir tout gâcher. On allait la remplacer, l'oublier, ne plus la cajoler aussi fort. Le compte à rebours avait commencé, dans un mois à peine, elle allait être détrônée. À la fin de ce mois d'août, au terme de cet été, sa vie allait changer à tout jamais.

Du mouvement, une pagaille neurasthénique, les bancs qui grincent dans une cacophonie chaotique. Le sermon se termine. Pourtant ce n'est que le début de cette très longue journée. À la sortie, la foule vaseuse se retrouve éblouie par la lumière. Les cloches sonnent, assourdissantes. Et le présent reprend ses droits. On se prend dans les bras, de nouveau on ne parle plus tout bas. Le solennel se dissout. On laisse aux icônes dans l'ombre le soin de se charger des conventions. On rend désormais hommage à coups de bises et d'accolades. Dans une chorégraphie désorganisée, les groupes se glissent et s'immiscent dans les voitures pour se rendre au cimetière. Hypnotisé par un véhicule si particulier qu'il n'a jamais vu, Alban s'immobilise.

— C'est un billard, là où ils mettent la boite avec ta mamie.

Alban se retrouve bousculé dans sa contemplation par ce blond au ballon à l'accent chantant qui s'est avancé derrière lui.

— Salut… un billard ? Comme la table avec le tapis vert et les boules de toutes les couleurs ? Je demanderai à mon père. Et c'est pas ma grand-mère dans la boîte, c'est ma grande tante.

— Désolé, asséna-t-il un peu gêné, moi c'est Dorian. Mon père dit qu'on va être voisin pour cet été. On habite la maison d'à côté et on connaissait un peu ta grande tante. On allait prendre l'apéro chez elle de temps en temps. Elle était chouette.

Alban, en souriant, tend une main que son acolyte saisit comme font les grands.

— T'habites ici depuis quand ? T'étais pas là l'année dernière.

— Depuis janvier. Après Noël, maman a quitté mon père. C'est elle qu'a voulu partir mais en fait c'est lui qui est parti de la maison. Je suis ici que les week-ends et tous les mois d'août à partir de maintenant. Le reste, à Toulon avec ma mère.

— Désolé pour toi… Je vais passer un mois ici, on pourra jouer au ballon si tu veux. T'es tombé ?

Avisant les jambes écorchées et dans un piteux état, Dorian se mit à rire :

— Ouais j'aime grimper tout en haut du figuier et je me suis bien rétamé hier mais ça en valait la peine.

De loin, Christian fit signe à son fils de le suivre. La mise en terre n'attend pas, les morts ont tout leur temps mais les vivants doivent toujours se presser. Dorian s'éloigne dans la direction inverse :

— On se voit plus tard mon pote, j'te ferai aussi goûter les figues de mon jardin !

En un rien de temps, lui, son ballon et ses cheveux blonds avaient disparu, et Alban se mit à courir vers la Fiat Brava grise.

Tous les quatre (et le bébé gymnaste) installés et ceinturés, la voiture démarre.

— C'était qui lui ? demande Clara d'un ton inquisiteur.

— Mon pote, il s'appelle Dorian ! dit-il fièrement.

Derrière son volant et sur le siège passager, les parents sourient et se sentent légers. Christian pose délicatement sa main sur le ventre de Joséphine. Un nom, une intonation, c'est parfois la promesse de nouvelles aventures. Il fait glisser le CD dans le lecteur. Cette compilation, c'est la leur, celle des vacances, des trajets à travers toute la France. C'est Yves Montand qui berce le chemin en fredonnant ses *Trois petites notes de musiques*. Joséphine la connaît par cœur et elle se met à fredonner. Et Clara se dit qu'une maman qui chantonne ça veut dire que le monde ne s'effondre pas complètement.

Table des matières

Printed in Great Britain
by Amazon

22847074R00047